押しかけ執事と無言姫

忠誠の始まりは裏切りから

安崎依代

23928

角川ビーンズ文庫

c o n t e n t s

クォード・ザラステア
国家転覆を目論み処刑寸前の大罪人。
女皇・ルーシェとの取引で
カレンの執事となる
カレン・クリミナ・
イエード・
ミッドシェルジェ
魔法も武力もハイレベルな
チート公爵令嬢。
過去のとある出来事によ
り、人を遠ざけ離宮に引き
こもる『無言姫』

ルーシェ・コンフィート・オズウェン・アルマリエ

アルマリエ帝国第十八代女皇。伯母としてカレンの孤独を憂いている

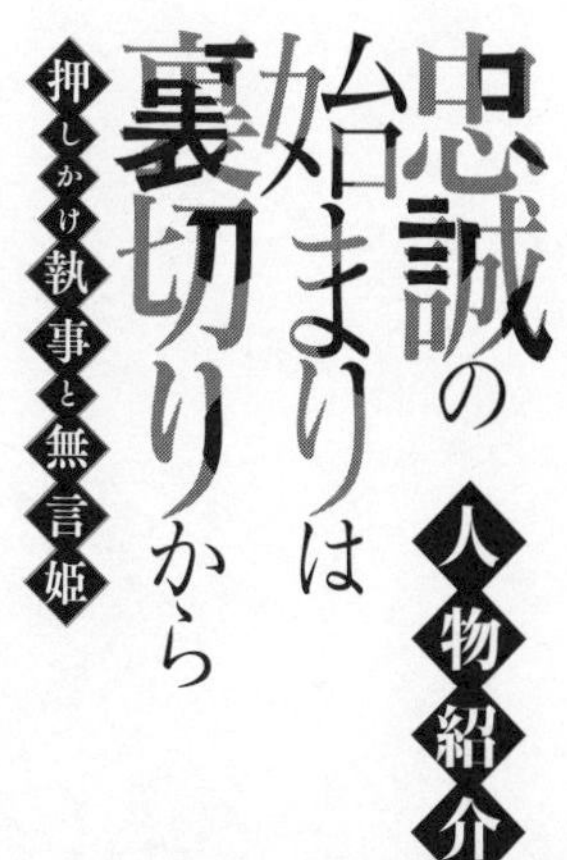

セダ

アルマリエ皇宮第一位魔法使い（ウァーダ）。興味関心の全てを妻のルーシェに注ぎ、偏愛する

ジョナ

クォードが属していた秘密結社「混沌の仲介人（ルーツ・デ・ダルモンテ）」の上級幹部（イクソス）。魔法具『東の賢者（セダカルツァーニ）』を欲している

フォルカ

カレンが暮らす離宮のメイド長

ガロス・ダルガ・カルセドア

カルセドア王国最後の王。かつてクォードが仕えた

本文イラスト／みなみＲｕｔ

Introduction　初めてお目にかかりやがります、お嬢様

離宮に帰ったら、人がいた。

人嫌いの引きこもりにとって、安楽の地とも言える自邸に。

公爵家令嬢の住まいとして、それなりの魔法警備システムが装備されている場所に。

人払いを徹底していて、無人であることが正常であるはずの玄関ホールに。

見覚えのない人物がいかにも『いて当然』みたいな顔をしてそこに控えていたら、人嫌いでなくても警戒心を抱き、恐怖を覚えて当然ではないだろうか。

「お帰りなさいませ、お嬢様」

その事実を認めた瞬間、カレンは無表情のままその場で硬直した。己の体のみならず、ツインテールに結われた栗色の髪や、纏ったドレスの裾や袖まで、時が止まったかのように動きを止めているのが分かる。あまりにもビックリしすぎて、腕に抱えた魔動クッションの表示までしばらく空白のままだった。常に無言と無表情を貫くカレンの第二の顔として、魔力が通っていればカレンの内心を反映し自動的に最適な言葉を表示してくれるはずであるのに。

それだけカレンが全身で驚きを表現しているというのに、見覚えのない美青年はカレンに向かって完璧な動作で一礼するとニコリと笑いかけてきた。

サラリと揺れる漆黒の髪。キラリと光る銀縁のメガネ。それらが厭味なくらいに似合う知的に整った顔立ち。視線の鋭さと涼やかに整った顔からはともすると冷たさやとっつきにくさを感じそうなものだが、浮かべられた柔らかな微笑みがそれらを見事に相殺している。自分の顔の特性が分かっている人間が浮かべる表情だと、カレンはそれだけで理解した。

そんな美しい不審者は、隙なく燕尾服に身を包んでいる。それが『執事』と呼ばれる人間の服装であるということをカレンは知っていた。一般的な『執事』や『従者』と呼ばれる人間よりも引き締まった体付きはどちらかと言えば『騎士』に近いような気もするが、明らかにこの服装は執事と呼ばれる人間の制服だろう。

だがこの流れでカレンが『ああ、執事』などと納得できるはずもない。

【誰っ⁉】

なぜならカレンは『人嫌いをこじらせすぎて自前の口で喋ることをやめた』と揶揄される『無言姫』で、こんな美青年執事などどう考えても雇った覚えがないからだ。

――見覚えのある使用人でも予告なく顔を合わせたらビックリするっていうのに！　確実に見覚えがない人間が屋敷の中にいていきなり接触してくるとかどんな拷問っ⁉

『どうなってるのよフォルカっ!!』と内心半泣き状態で腹心のメイド長の名を叫びながら、カレンはとっさに腕に抱えていたクッションを不審者に向かって全力で投げつけた。短めにデザインされたドレスの前裾を捌きながら魔動クッションを投擲すれば、クッションはカレンの心情を映したまま淑女が投じたとは思えない剛速球で飛んでいく。

「わたくし、クォード・ザラステアと申します。本日付でお嬢様の執事となりました」

だがクォードと名乗る執事は首のわずかな動きでサラリとカレンの必殺攻撃をかわしてしまった。クッションはそのまま直進し、玄関ホールの彼方へ消えていく。

【雇った覚えはないっ!!】

ドレスの後ろ裾に刻まれた転送魔法円から新たなクッションを召喚したカレンは、文字を表示させつつさらにクッションを投げつける。今度は簡単に避けられないように胴体部分を狙って投擲したのだが、やはり不審者は最低限半身を捌くだけでその攻撃をかわしてしまった。明らかに『執事』を名乗るには戦い慣れしすぎている。

――体格から見て分かってたけど、こいつ明らかに『執事』なんて穏やかな職業の人間じゃないっ!!

生家が少々特殊なおかげで、カレンは公爵家令嬢でありながらある程度までならば相手の戦う技量を見ただけで測ることができる。カレンの勘が正しいならば、この男は『執事』などよりも『暗殺者』やら『刺客』という肩書きの方がよほど似合う人種であるはずだ。

そのことをわずかな応酬で確かめたカレンは警戒レベルを一気に引き上げた。もはや見知らぬ人間との予期せぬ邂逅という恐怖に涙ぐんでいる場合ではない。いや、あくまでカレンの顔面は無表情を保っているはずだから、内心だけの話ではあるのだが。とにかく一刻も早くこの『敵（※推定）』をこの場から叩き出さなければ最悪の場合命に関わるとカレンの警鐘が打ち鳴らされている。

――少なくとも私の心の平穏はすでに乱されている！　私の場合、これは非常によろしくない！　周囲の安全にも関わるっ!!

カレンはドレスに仕込まれた転送魔法円に魔力を注いで新しいクッションを召喚した。そのクッションを鉄壁の無表情を保ったまま敵に向かって投げつけると同時に反対の手で新しいクッションを召喚する。それを繰り返してカレンはガトリング砲よろしく息をつく間もなく次々とクッションの砲撃を敵に浴びせかけた。

【執事の】

【押し売りは】

【間に合っているので】

【お引き取りくださいっ！】

【てか】

【さっさと引き取れ】

【この不法侵入者っ!!】

「不法侵入者などではございませんよ」

だが敵はカレンの予想以上に上手だった。

笑顔を保ったまま全てのクッションを必要最低限の動きでかわした上に全てのクッションに表示されていた文字列を漏らすことなく読み取った自称『執事』は、懐に手を入れると一枚の紙切れを取り出す。

クッションを避ける過程で若干距離は詰まったが、まだまだカレンと青年の間には十歩近い間合いがあった。カレンは常人よりもはるかに目が良いから倍の距離があっても読める自信があるが、これが普通の御令嬢だったらまず間違いなく距離を詰めるところから始めなければならないだろう。

――この距離で読めって、横暴が過ぎるのでは？

とは思いつつも、このままクッションを投げつけていても埒が明かない。

そう考え直したカレンがひとまず手を止めて目をすがめてみると、それは労働契約が締結されたことを示す契約書だった。

「わたくしは女皇陛下の下命で派遣された、執事兼教育係なのですから」

確かにその契約書の末筆には見慣れた伯母の筆跡で伯母のサインが入っていた。

『伯母』と言えばとても身近な存在に聞こえるが、カレンの伯母はこの魔法国家アルマリエ帝国を治める女皇であり、この国の魔法使いの頂点に立つ魔法使いである。貴族という立場に立ってみても、魔法使いという立場に立ってみても、カレンとは実力、地位ともに天と地以上に差がある相手だ。伯母の名前を出されてはカレンに逆らえる余地などない。

——いや、でも、いくら伯母様の下命で派遣されてきたんだとしても、いらないものはいらないし、間に合っているものは間に合っているっ！

確かに逆らう余地がないのは事実だが、いくらなんでも一切の説明もなく執事を押し付けてくるのは横暴が過ぎるはずだ。何ならカレンは先程まで伯母の呼び出しを受けて伯母当人と対面している。その際に説明のひとつでもしておいてくれればここまでカレンが恐慌状態に叩き込まれることはなかったはずだし、ここで無用な争いが勃発することもなかったはずだ。

というよりも、カレンが『人嫌い・人見知り・引きこもり』をこじらせていることを誰よりも承知しているはずである伯母が、カレンに断りもなく面識のない人間を押し付けてくるとは何事か。やはり一度説明してもらわなければ納得できるものもできない。

——いや、納得は絶対にしないいけどもっ！

【執事は間に合っていますから】

決意を新たにしたカレンは、新しいクッションを召喚すると、そこに浮かぶ文字がよく見えるように執事に向かって差し出した。

【この離宮は人手が足りていますので、どうぞ伯母様の下に行ってください、と続けようとした文字列は、何やら不穏な声に遮られた。

「つーか、テメェに拒否権なんざねーんだよ」

「そもそも誰のせいで俺がこんな労働者階級に身を落とされたと思ってやがんだ、テメェはよぉ」

パチクリと目を瞬かせて周囲を見回してみても、目の前には先程と同じように執事が優雅に立っているだけで、玄関ホールに他の人影はない。

『人嫌い・人見知り・引きこもり』と三拍子揃った『無言姫』ことカレンは、使用人達とも必要最低限の接触で済むように日々余計な仕事はしないよう徹底させている。『主の帰宅を出迎える』はカレンの中では『余計な仕事』だ。本来ならばカレンの帰宅に合わせてここに人がいる時点で間違っている。

つまり、この玄関ホールにはカレンと目の前の執事しかいない。『常に凍て付いた無表情』『笑えば愛らしい顔立ちであるはずなのに』『瞳には本物のペリドットがはめ込まれているのでは』とまで言われるくらい内心を表に出さないカレンは、表情を顔に出すことはおろか自前の口を開くことさえ滅多にない。

──……えぇ？

消去法で考えると、今喋ったのは目の前で優雅に微笑んでいる押しかけ執事しかいない。

この優雅な微笑みからは信じられないことだが。

「俺の人生を文字通り捻り潰しやがった人間が、執事の一人や二人雇うことにガタガタ文句言ってんじゃねぇよ。さっさと責任取って雇い入れやがれ」

──……？　なんかこの声、聞いたことがあるような……

カレンはもう一度シパシパと目を瞬かせる。ここまで完璧な笑顔を保ったままここまでの暴言を吐けることにも驚きだが、それ以上にこのデジャヴの元は何なのだろうか。

「この離宮に執事がいねぇってことも、テメェが次期国主としての教育から逃げ回ってるっつーことも、当代女皇っつーしっかりした筋から調査済みだ。テメェは四の五の言わずこの俺に仕えられてりゃいいんだよ」

そんなカレンの視線に何を思ったのか、執事は今まで浮かべていた白い微笑みを引っ込めると、代わりにどす黒い笑みを浮かべた。

「まさかテメェ、あんなことしといて俺の顔を見忘れたとかぬかすんじゃねぇだろうな？」

魔王でさえ恐れをなして逃げ出しそうな真っ黒さなのに、下手に容姿が整っているせいかその黒い笑みが妙に様になっている。

その黒さで、デジャヴの元を思い出した。

「……っ!?」

ゾワリと駆け抜けた悪寒に抗うように、カレンはとっさに転送魔法円とは別にドレスの後ろ腰に隠して帯びた短剣を抜こうと身構える。

だがそれよりも執事が燕尾服の尻尾に隠すように吊るしたホルスターから銃を抜く方が早い。カレンの指が短剣に掛かるよりも先に、オートマチック拳銃の銃先はカレンに照準を合わせきっていた。

新参者の従者を名乗るよりも刺客を名乗る方がお似合いな姿で、青年は黒い微笑みを嘲笑にすり替える。

「俺の身元保証人はあのクソ女皇で、俺がお前に仕えるのは女皇の名の下に発された命令だ」

【何が悲しくて魔法議会で死罪が決定された秘密結社の幹部を執事兼教育係なんかにしなきゃいけないのよっ⁉】

これ以上やり合うと周囲に損害を出すと判断したカレンは、クォードを睨みつけたまま姿勢を正した。だがクッションで抵抗することはやめない。

――なんでこんなことになってるのよぉっ⁉

内心は半泣きを通り越して全泣きだった。今や心の中のカレンは『見知らぬ人間に自邸内で待ち伏せされていた』という漠然とした恐怖ではなく、『待ち伏せしていたのが秘密結社幹部であった』という具体的な事実に恐怖している。

より直接的な命の危機を感じてカレンの体はガタガタと震えていたが、その感情を『無言姫』の二つ名と公爵家令嬢としての矜持を以て抑えつけて、カレンは敵と相対する。

「さぁな？　俺にもジョコーヘーカがお考えのことは分かんねぇよ」

カレンの内心をどこまで察しているのか、クッションに走る文字を読んだ押しかけ執事はより一層嘲笑を深めた。だがメガネの奥にある漆黒の瞳は一切笑みを浮かべていない。

「だが俺はクソ女皇との契約により、労働対価が規定額に達するか、テメェが次期国主に確定するか、どちらかが達成された時点で死刑を取りやめ、国外追放処分で済む身の上になった」

クォード・ザラステア。

魔法魔術犯罪秘密結社『混沌の仲介人』幹部。アルマリエ帝国国家転覆を謀った大罪人。アルマリエ帝国魔法議会の議場で死罪を言い渡された男。

それがカレンの知る、彼の素性の全て。

——顔を見るのは三回目、か……

あまりにも無害な執事然とした白い微笑みと今の真っ黒魔王の嘲笑に差がありすぎて同じ顔だと気付くのに遅れてしまった。だが一度同じ顔だと認識できれば、自分の対応は正しかった……いや、生ぬるいくらいだったということが分かる。

カレンが彼と対面した場面は過去に二回。

直近では死刑判決が出た魔法議会の議場で。

そして最初に出会ったのはひと月前。

「まさかまたこうして対面するとはなぁ？　次代女皇陛下？」

そう、ひと月前。

国主教育から逃走中だったカレンが皇宮の地下通路に迷い込んだ時、テロ遂行のために皇宮の地下に潜入していたクォードの姿を発見。同時にカレンの存在に気付いたクォードが攻撃を仕掛けてきたのでカレンがとっさに反撃したところ、威力調整を失敗したことと場所が地下で力の逃げ道がなかったことが災いし、地下通路ごと現場が崩落。直後にカレンを追っていた手勢が駆け付けてくれたことによりクォードは一命をとりとめたが、同時に国家転覆テロの実行犯としてお縄になった、というのがそもそもの二人の出会いだった。

「そもそもテメェが国主教育から逃げ出してさえいなけりゃ、俺があそこで捕まることなんざなかったんだよっ！　次期国主候補とされてんならキッチリ教育くらい受けやがれ！」

【国家転覆テロを企てた人間にまともなこと言われたくないんですがっ⁉】

「テメェの無責任な行動のせいで人生メチャクチャにされちまった俺が、直々に責任もってテメェを教育し直してやるっつってんだよ。ありがたく受け入れやがれってんだ」

【いや、逮捕されたのは完全にあなたの自業自得】

「るっせぇっ！　俺の自由のために四の五の言わずにさっさと俺に仕えられろっ！　手始めにここに受諾のサインを入れるところから始めやがれ！」

【何でっ!?　雇用契約はすでに伯母様との間に成立してるんでしょっ!?　しかも私に無断で勝手にっ!!】

「俺の雇用主はクソ女皇だが仕える相手はテメェだ。だからテメェがそれを承服した証に契約書の末尾にサインもらってこいって女皇陛下が言ってきやがったんだよっ！」

間に魔銃とクッションを挟んで言い争うが、クォードは延々引き下がらない。魔銃とともにサインを迫るクォードにカレンがクッションで言い返せば、クォードは時に理路整然と、時に暴論を交え、とにかくカレンの主張を正面、脇、後ろ問わずひたすら両断し続ける。

カレンが向こう十年分は喋ったかという頃。時間に直すと約一時間。

根負けしてくずおれたのはカレンの方だった。

【私は国主候補から降りるべく、日々魔法研究者として頑張ってるはずなのに……っ！　それを伯母様だって認めてくれてるはずなのに……っ!!】

「知るかよ」

カレンは玄関ホールに正座させられた上に額に銃口を突きつけられた状態で、石床の上に契約書を置き、女皇陛下からの借り物だというやけに豪奢な万年筆で契約書にサインを入れさせられていた。

【いつか絶対、白紙撤回してやるんだからっ!!】

「女皇陛下の命令は絶対なんだろうが」

無表情のまま若干目の際に涙を溜めたカレンに対し、押しかけ執事は変わることなく嘲笑を浮かべたままカレンを睥睨していた。その余裕綽々な態度にカレンはさらに苛立ちを募らせる。

――正面から押し返せないならば、今は一度引いて、違う角度からクビにしてやる！

その思いを込めてカレンは膝の上にクッションを置いたままキッと執事を睨みつける。

あくまで顔面は無表情を保っているが、目に宿った殺意は本物だ。対する執事はカレンがサインを入れた契約書を優雅な動作で取り上げると満足そうに微笑む。

そしてその契約書を大切そうに懐に納めると、カレンの眉間に魔銃を突きつけたまま優雅に一礼した。

「それではお嬢様。俺が自由を手に入れるまでの間、どうぞよろしくしやがれでございます」

……これがカレン・クリミナ・イエード・ミッドシェルジェとクォード・ザラステアの奇妙な主従関係の始まりだった。

I　甘い話には気を付けやがれでございます、お嬢様

「そもそも、アルマリエにおける公爵家というものは、各家の祖がアルマリエ皇室に連なる者だということを意味しておる」

アルマリエ帝国第十八代女皇、ルーシェ・コンフィート・オズウェン・アルマリエは、ドレスには不釣り合いな東渡りの湯呑を両手で支えたまま滔々と語り始めた。

「つまり、現状五家存在する公爵家の人間と国主は、遡れば必ずどこかで祖を同じくしておる。ゆえに国主候補には皇室の人間か公爵家の人間が選ばれる。アルマリエの皇室典範は、国主の選定において対象者を『玉座につく者と祖を同じくする者』と定めておるからな」

皇宮の奥深く、ルーシェの居室でのことだった。

ルーシェとカレンだけで囲んだテーブルには極東で饗される菓子が並び、二人の手元の湯呑の中には紅茶ではなく緑茶が注がれている。

クォードが離宮に押しかけてきてから約ひと月。毎日のようにひたすら『嘆願書』という名の苦情陳情書を送り続けたカレンの下にやってきたのが、このお茶会への招待状だ

った。もっとも『息災なようで何より。たまには顔見せついでに執事殿を連れてお茶でも飲みにおいで』というメモ書きを『招待状』と呼んでもいいならば、だが。

――『息災なようで何より』とか『たまには』とか言いますけど、クォードをけしかけて来た日も伯母様と顔を合わせていますよね？

などとそのメモを見たカレンは思ったわけだが、とにかくようやく拝謁が叶うならば名目は何でもいい。『直訴！　白紙撤回!!』と意気込んだカレンはルーシェのご要望通りにクォードを引き連れ、勇ましくルーシェの下まで乗り込んだ……わけだが。

「カレン、お前はミッドシェルジェ公爵を父に、妾の妹を母に持つ。血筋という観点で見た時、国主候補としてお前を凌ぐ適任者はそうそうおるまい」

立板に水を流すがごとく滑らかに紡がれるルーシェの言葉は止まらない。凛と涼やかな声で穏やかに紡がれる言葉は、内容はともかく音として聞いている分にはとても心地が良かった。カレンが思わず直訴を忘れて聞き入ってしまうくらいには。

「お前の姉と兄はミッドシェルジェの特性が強く出たのか魔力皆無の凄腕剣豪に育ったが、お前はフィーア……お前の母の特性が強く出たのか、魔力も武力も無双チートのハイスペ令嬢として爆誕した」

【伯母様、そんな言葉遣いをしていると、また侍従殿や宰相様に怒られますよ】

「ともかく」

カレンのさりげない忠告をサラリと聞き流したルーシェは、コトリと手の中にあった湯呑をテーブルに戻す。そのまま片手でサラリと自慢の黒髪を払ったルーシェは、不遜な笑みをカレンに向けた。

「後継者としてお前以上の適任者はいない。よって嘆願は却下じゃ」

【いえ、直訴したいのはそこではなくて！】

『いや、そこもしたいけど！』とカレンは思わず湯呑をテーブルに叩きつけると、少し離れた場所で壁に同化している己の執事（仮）に向かって指を突きつける。

【私が訴えたいのはクォードとの関係の白紙撤回です!!】

「そちらも却下」

【なぜっ!?】

「知らぬのか？　カレン。巷ではお嬢と執事の組み合わせは最高の萌とされておるのじゃ。お前につけるならば執事が良い。というよりも執事以外は認めぬ」

【そういう話でもなくっ!!】

今年で御歳四十九になるルーシェだが、その容貌はどこからどう見ても二十歳前後の麗しい姫君だ。そんなルーシェは精神も若々しいようで、国主という激務に身を投じていながら巷で流行している小説や戯画物語を好んで読み漁るという趣味を持っている。

——それ自体は『民の生活と流行を知る』って意味ではいいと思うけども！　その理屈

で私を振り回すのはどうかと思う！

　カレンは気を取り直すとキッとルーシェを睨みつけた。対するルーシェは知性が輝く漆黒の瞳に笑みを滲ませ、正面からカレンを見つめ返している。

　淡青色のシンプルなドレスと銀のティアラに彩られたルーシェは、まるで大粒のアクアマリンのようだ。絶対的な自信が滲む笑みを湛えたルーシェは、ただそこに座っているだけで見る者を圧倒する美しさがある。

【これは！　魔法議会で死罪が決定した大罪人なんですよっ⁉　何でそんな人間をわざわざ執事にしなきゃいけないんですかっ⁉　他に適任なんていくらでもいたでしょう⁉】

　その圧を意識的に撥ね除けながら、カレンは手元の魔動クッションをズイッとルーシェの方へ突き出した。いつになく勢いよく流れていく文字列を見つめていたルーシェは『おや』というように目を瞬かせる。

「他の人間ならば受け入れてやってもいい、とでも言わんばかりの言葉じゃな」

【もちろんお断りですけど、こいつはさらにお断りってことですっ！】

「なぜ？」

【なぜって……！】

「これは仕事ができぬのかえ？」

『なぜってこいつ大罪人ですよっ⁉』『いつか絶対に私を裏切って組織に寝返るに決まっ

てるじゃないですかっ!!』と続けようとしたカレンは、スルリと差し込まれた言葉に文字を詰まらせた。そんなカレンの様子に気付いたルーシェはニコリと笑みを深くする。

「メイド長のフォルカからの報告によれば、これは執事として大層役に立っておるそうではないか。報告書には毎度礼の言葉が述べられておるぞ？」

【ぬぐっ！】

「ひと月会わぬ間に、お前の肌艶も随分と良くなった。しっかりこれが仕えておる結果かと思ったのじゃがのぉ？」

「当然でございます」

腹心のメイド長が思わぬ形で裏切っていたことにカレンはさらに文字を詰まらせる。

そんなカレンの代わりに口を開いたのはクォードだった。それまで背景に埋没していたクォードの姿が、その瞬間だけクッキリと輪郭を露わにする。

「対価を得るためには成果が必要です。たとえ相手が引きこもりのクソガ……お嬢様であろうが、我が身の自ゆ……わたくしに与えられた使命でございますので、誠心誠意お仕えさせていただきます」

――ちょいちょい本音が漏れ出てるの、わざとですよねっ!?

カレンは思わずルーシェに向けていた視線をキッとクォードに据え直した。内心の苛立ちを存分に視線に込めたというのに、慇懃無礼な執事の皮を完璧に被ったクォードはしれっとした顔でカレンと視線を合わせようともしない。

——確かに、仕えてはいるけども！　仕えてはいるけども……！

確かに、この押しかけ執事はカレンが思っていた以上に優秀だった。

常に引きこもって魔法実験に明け暮れているカレンに三度の食事のみならず朝昼夕方三度のお茶まできっちり時間通りに取らせ、そのたびにみっちりテーブルマナーを叩き込む。歩いている姿を見かければ魔銃を片手にウォーキングの指導。果ては『引きこもってばかりいないで適度な運動をなさってはいかがです？』という言葉からダンスの練習が始まり、『陽の光に当たることで昼型生活になれるそうですよ』と乗馬の訓練が始まり、気付いた時には日がな一日淑女教育を詰め込まれていた。

『国政に関する知識の教授に関してはわたくしの手が届かないところでございますし、それ以前に貴女様の立ち居振る舞いは次期女皇を名乗るには少々難がございます。まずは次期女皇の肩書きにふさわしい国一番の淑女になっていただかなくては』ということらしい。

——本っ当に！　余計なお世話っ!!

さらにはその他執事の仕事もそつなくこなしているらしく、使用人達は随分と仕事が効率良く回るようになったとクォードに感謝までしているらしい。『あの引きこもりの人嫌いな主が一体どこからこんなに優秀な使用人を引き抜いてきたのか』といぶかしむ声さえ上がっているという。

もっとも、これらの声はカレンが直接聞いたわけではなく、メイド長のフォルカが朝の支度ついでに聞かせてくれた話なのだが。

——確かに、みんなの負担が軽くなるのはいいことだ。うちはただでさえ私のワガママで人を減らしているわけだし……

自分が魔法研究以外てんでダメダメなお嬢様失格の生活を送っていた自覚はカレンにもある。だが離宮に仕えてくれている使用人の給金も、日々の生活費や離宮の維持管理費もカレンが魔法研究によって得てくる報酬によって賄われている。『家を出て生活するならば自分の食い扶持くらい自分で稼げ』という公爵家らしからぬ教えに従い、カレンは生計的に自立した生活を営んでいるのだ。その報酬を色々と運用して増やしてくれているのはフォルカであるが。

つまりカレンの引きこもり魔法研究ライフは、一応大義がある引きこもり生活なのだ。日に六度も食事の席に引きずられていくのは魔法研究者としては非効率この上ない。魔法研究を邪魔されるということは、離宮で暮らす人間達の生計を危うくしているということだ。乗馬なんてしなくても運動は十分事足りているし、何ならカレンは北方守護を担う武闘派公爵家の出身なので、その辺りの騎士よりよほど馬には上手く乗れる。引きこもりの自分にダンスの技量やお茶会のマナーが必要になる日は来ない。敵に己のことを知られたくなくて黙ってはいるが、とにかくクォードによる指導はカレンからしてみれば『いらぬお節介』に他ならないのである。

そもそも、だ。

——あれはどう考えても主に仕える執事の態度じゃないでしょ！

言いたいことだけ言い放った後、スッと再び背景に埋没していったクォードの姿に、カレンは思わずクッションに添えた指先に力を込めた。クッションに無惨に刻まれるシワは、本来ならばカレンの眉間に刻まれるはずであったシワである。

——教鞭ならぬ教銃を振り回す教育係なんて、聞いたことないんですけどもっ!?

お茶の席につけば好きな物から食べようとするカレンの手元を魔銃で押さえて『召し上がる際は、ティースタンドの外に置かれた物からお召し上がりください』と宣い、研究室にバリケードを築いて籠城戦を挑めばバリケードごとドアを蹴破る。さらには逃げ出したカレンを全力で追い回し、カレンが最終手段として召喚したクッションの雪崩に呑まれて消えたかと思いきや、カレンの研究室に先回りしてティーテーブルをセッティングしている。思わず回れ右したカレンが手をかけようとしたドアノブを射撃でふっ飛ばし、ニッコリ微笑んで『席につきやがれください』と言ってのけるのが、このクォード・ザラステアという自称『執事』だ。

——確かに、今のところ、真面目に執事の仕事はしてる。裏切りの素振りもない。だけどたったそれだけで従者として認めるわけにはいかないって、誰よりも伯母様はよくご存じのはずなのに……っ！

人というものは、己の利益のためならば、いくらだって外面を取り繕って振る舞えるものなのだ。貴族社会ではいかに本心を包み隠して立ち回れるかですべてが決まると言ってもいい。カレンはそれが下手すぎて『無言姫』と呼ばれるほどに人嫌いをこじらせたわけだが、その理屈までをも忘れ去ったわけではない。

「カレン。いくら個として強大な力を有していようとも、ヒトというものは決して独りでは生きていけぬのだよ」

己の言葉が通らない苛立ちや、渦巻く疑心暗鬼に耐え切れず、カレンの全身がプルプルと震える。

その瞬間、ふとルーシェが身に纏う空気を変えた。

「妾とて永久の時を生きていけるわけではない。大抵の者は看取ってやれるだろうが、お前の魔力総量と妾の年齢を考えれば、妾はお前よりも先に逝くことになるだろう」

その言葉に、カレンは改めてルーシェに視線を向けた。

強大な魔力を持つ者は、総じて長命だ。魔力総量が最大となった年齢で体の成長は止まり、内に秘めた魔力が枯渇するまでその姿のまま悠久の時を生きる。

歴代最強の国主と名高いルーシェは、莫大な魔力をその身に秘めている。五十年近く生きているはずなのにカレンの姉くらいにしか見えない姿をしているのもそのためだ。ルーシェほどではないが、カレンの母でありルーシェの妹であるミッドシェルジェ公爵夫人・オルフィアも、夫と並んでいると娘に勘違いされるくらいには見た目が若々しい。

「お前には、お前と同じ時を生きていける仲間と、生活を脅かされないための立場が必要じゃ。国主という立場は、妾がお前に残してやれる最強に安泰な椅子じゃと思うておる」

ルーシェの真摯な言葉にカレンもスッと姿勢を正した。

波打っていた内心がそれだけでスッと冷えていく。ルーシェを真っ直ぐに見据えたペリドットの瞳には、無表情なりに強い意志が宿っていることだろう。

【私は、人と関わることは苦手です。性格的に国主には向いていない】

魔力が強い者は寿命が長い分、それに相反するかのように子ができにくい。

アルマリエ帝国では、先代国主と同じ血筋に連なる者の中で最も魔力が強い者が玉座を継ぐ。

魔力が強いということは、それだけ直系の子ができにくいということだ。そのためアルマリエでは世継ぎに当代国主の直系であることを求めない。ルーシェは珍しいことに実母から玉座を継承しているが、次代は確実にルーシェの直系にはいかないだろうと王宮の誰もが予測している。

ルーシェが言う通り、どれだけ個として優れた存在であろうとも、永遠に国を治め続けることはできない。いずれはルーシェも必ず玉座を降りる。

最初から直系の子が産まれることはないと分かっているだけに、後継者争いは魔力が強い国主の代ほど揉めるものであるらしい。それを見越してルーシェはかなり早い段階からこの問題には考えを巡らせていた。

【後継者争いで余計な血を流さないために、とりあえず私の名前で書類の欄を埋めておきたい。その程度だから『次期国主』の肩書きに本気で向き合うのはまだ先でいい。……伯母様がそう仰ったから、私は名前を貸しているだけです】

ルーシェの魔力総量から考えれば、あと百年は余裕で玉座に座っていられるはずだ。だが先代早世を受けて弱冠十九歳で玉座を継承したルーシェの治世はすでに三十年近くが経過している。安定と繁栄の御代の中で暇を持て余した宮廷人達が面倒なことをこねくり回すよりも早く、ルーシェはカレンを後継者に指名した。

それが『無言姫』と名高い人嫌いの引きこもりであるカレンに『次期国主』という似つかわしくない肩書きが押し付けられた経緯だ。

【私は一介の魔法使いとして、魔法研究家という形で、私の力を世間に還元していきたい。それが私の望みです。その方が性格的にも合っています】

確かに、ルーシェの判断は正しいと思う。カレンとルーシェは伯母と姪という続柄で身内の中でも関係性が近しいし、忌憚なく物を言い合える仲でもある。ルーシェが言う通り、素質的にも出自的にもカレン以上の適任はそういない。これも事実だ。カレンに下手に野心がないというところも、とりあえず書類の欄を埋めておくというのにうってつけだろう。権力に執着する人間を指名しておくと今後それ以上の適任者が生まれてきた時に揉める火種となりかねないが、カレンならば性格上、喜んでその地位を譲ることができる。

だが残念なことに、カレンはそれらの好条件を相殺してマイナスに落とし込めるくらい、絶望的にコミュニケーション能力が枯渇していた。人気が多い場所も華やかな場面も苦手とあっては、どうあがいても国主向きではない。候補にしておくにも難があるレベルだ。

――それを差し引いても、私は人の中にはいない方がいい。

周囲に人がいなければ、双方が傷つくことだってない。

それがカレンの十六年の人生の中で得た最大の学びだ。

【それを伯母様も認めてくださったから、研究拠点として伯母様の離宮を下げ渡してくださったのではないですか？】

一瞬脳裏を過ぎった感傷を瞬きと呼吸ひとつで押し流し、カレンは改めてルーシェに視線を置く。

だが国主として日々宮廷の古狸達と渡り合っているルーシェがその程度でたじろいでくれるはずもない。カレンの言葉を受けたルーシェは、ニコリと綺麗に笑うと愛らしく小首を傾げた。

「確かに、そこに間違いはない。お前の言う通りじゃ。だがこの先、お前以上の適任者が生まれてくる可能性は低いとは思わぬか？　ならばいつ何時何が起きてもいいように教育は施しておかねばならぬであろう？」

【まさか、最初からこの形にハメてゴリ押しするつもりだった、とかないですよね？】

ルーシェが真摯なことを言い始めたから同じだけ真摯に心の内を口にしたというのに、ルーシェが浮かべた笑みはどこか胡散臭い。ニッコリと美しく微笑んでいるのに腹黒さが隠しきれていない笑みに、カレンは思わずじっとりとルーシェを睨めつける。

「まさか。姪の行く末を案じる伯母心よ」

そんな視線さえをも鮮やかにかわしてみせたルーシェは、菓子皿に載せられていた菓子を上品に切り分ける。大変美味だがカレンには何度食べても何でできているのか分からない可愛らしい菓子を口に運んだルーシェは、その甘みに笑みを深めながらヒラリと片手を振った。

「言うたであろう？　いくら個として強大な力を有していようとも、ヒトというものは決して独りでは生きていけぬ、と」

その合図を見過ごすことなくテーブルに歩み寄ったクォードは、急須を手に取ると新たなお茶をルーシェの湯呑に注いだ。日頃カレンをしてケチをつけさせない完璧に美味しい紅茶を淹れるクォードはどうやら緑茶への造詣も深かったようで、クォードの手で淹れられた緑茶はフワリと爽やかな香気を立ち上らせる。

「お前がどのような道に進もうとも、人生の相棒は必要じゃよ」

必ずな、とルーシェは冗談めかしたように微笑む。その言葉尻からルーシェが誰を指してそう言っているのか覚ったカレンは、思わず自前の眉をピクリと撥ね上げた。それがカレンにとってどれほど劇的な変化なのか分からぬルーシェではないだろうに、ルーシェはまるでその動きに気付いていないかのように大輪の花が咲き誇るような笑みをカレンに向ける。

「若くて有能、よく見れば中々のイケメン、さらに執事！　お前の相棒としてこれ以上の適任はおらん。おまけにこやつはそこそこ優秀な魔術師でもある」

あるいはその無関心は、続く言葉の方にこそカレンが反応すると分かっていたからのものだったのか。

【魔術師？】

クッションに言葉が流れた瞬間、周囲の空気がスッと冷えたような気がした。

カレンのペリドットの瞳は、言葉を発した瞬間色を暗くしたことだろう。苛立ちや嫌悪と一言で纏められないその感情は、『警戒』と表すのが一番妥当なのかもしれない。

ピリリと不穏に毛羽立った雰囲気は、雷鳴が轟く直前の空気にも似ている。その変化に今までカレンがどんな反応を見せても身構えなかったクォードが反射的に肩を揺らしたのが分かった。

「そう。こやつは魔法魔術犯罪秘密結社で幹部の座を得ていたくらいには魔術師としても有能じゃ。本人がそう言うてくるから多少テストさせてもらったが、確かに中々の腕前であったよ」

その空気に晒されてもなお、ルーシェの笑みは崩れない。

再び湯呑を手に取ったルーシェは、両手で包み込むように湯呑を持ち上げると瞳の奥底まで笑みを浮かべる。

「カレン、確かにお前が危惧する通り、アルマリエ国内にお前と並び立てる魔法使いはそうそうおるまい。大抵の人間はお前がうっかり本気になればあっけなく壊れる」

ルーシェの口から飛び出た『壊れる』という言葉を聞いた瞬間、己の肩が勝手に跳ねた。

だがカレンはその揺れに気付かなかったフリをして真っ直ぐにルーシェを見つめ返す。

「ならば、魔術師はどうかと思うての」

【正気なのですか?】

実際に言葉を声に出していたら、きっとカレンの声は地を這うような低いものになっていただろう。その殺気とも言えるものが空気に滲んでいたのか、反射的にクォードの手が燕尾服の尻尾の下に隠されたホルスターへ伸びる。

あるいはクォード自身も、ルーシェのその言葉を聞き流すことができなかったのか。

——『魔法』と『魔術』は、似て非なるモノ。

『魔法』は、自然物理を曲げることで不可思議なことを引き起こすモノ。

『魔術』は、自然物理を増長、抑制して不可思議を引き起こすモノ。

魔法は魔力属性によって使える種類が限定されてしまうが、物理条件を捻じ曲げる分、物理条件を利用することしかできない魔術よりも強大な力を発現させることができる。

これを喩えた言い回しで有名なのが、『魔法使いと魔術師を見分けたいならば、数人捕まえて宙に放り出してみればいい。風を纏わずに静止するか、そのまま地面に叩き付けられるか両極端なのが魔法使いで、全員風を纏って浮くのが魔術師だ』という言葉だろう。

魔法使いは魔力属性さえ向いていれば『重力』という物理条件を消してしまうことができるから、地面に立つように宙に留まることができる。ただしそれは本当に魔力属性が適合している人間だけなので、それ以外の属性の力を持つ人間は魔法使いであっても徒人と変わることなく地面に落ちていくしかない。

一方魔術師は物理条件を増長、抑制するという使い方をするから、宙に留まるにしても自身の足元に上昇気流を発生させたり、重力負荷を軽くして緩やかに落下していたりと傍から見ても『独力で空中に静止はできていない』という状態になるらしい。ただし魔術師を名乗る人間ならば全員が同じ現象を発現させることが可能だ。

魔法は属性さえ適合していれば完璧に重力の軛から自由になれる。対して魔術はどのような魔力属性を帯びていようとも、ある程度の魔力が身に宿っていればどの属性の術式であっても万人に扱える。

とにかく発現する現象は似ているが、そこに至る道が魔法と魔術ではまったく別物である、という話だ。

振るえる力は大きいが扱える人間が限定されてしまう魔法は西方諸国で、ある程度素質があれば万人に扱えるが威力が限定される魔術は東方諸国で発展してきた。それぞれの技を磨き続けてきた魔法使いと魔術師は、それぞれの技に高いプライドを持っている。

だからこそ、似て非なるモノを扱う相手は気に喰わない。そこに東西諸国の国家戦争に魔法や魔術が投入されてきた歴史も絡み、今や魔法使いと魔術師は互いを天敵として認識している。特に近年は西方諸国が力をつけていることもあり、より僻地へ押し込まれた魔術師達が魔法使いへ向ける恨み辛みは募るばかりという話だ。

その話をルーシェが知らないはずはない。だというのにルーシェは内心を読ませない微笑みとともに断言する。

「もちろん、正気だとも」

【私は不本意ながらも、ぜひ次期国主にと推される魔法使いですよ？　魔法国家アルマリエをして隣に並べる者は中々いないと言われる魔法使いです】

自分で言うのは烏滸がましいとは思ったが、事実は事実だ。『魔法研究家』としてはまだまだ駆け出しの身であるカレンだが、『魔法使い』、それも『魔法を用いて戦える魔法使い』

に限定してしまえばカレンと伍する存在はアルマリエに数えるほどしか存在していない。

――そんな私の隣に、魔術師が並び立てると？

その純然たる事実が、カレンの心の奥底に凍て付いた澱を生む。

「試してみるかえ？」

『随分な自信じゃな』とルーシェは言わなかった。満足そうな笑みはカレンの言葉が真実であるとルーシェが暗に肯定している証だ。一方クォードが不服を隠していないくせにカレンの発言を否定してこなかったのは、否定の仕方によっては己がカレンに劣るという発言に取られかねないという考えが働いたからだろう。

――そんな考え方ができる所も気に入らない。

【試す？】

カレンは一度、心の奥底を満たすほの暗く冷たい感情と一瞬再燃したクォードへの苛立ち、ついでにクォード当人の姿まで己の認識の内から締め出すと、ルーシェに意識を集中させた。全てを手のひらの上で転がす老獪な伯母の前で集中力を欠けばどんな風に弄ばれるかも分からない。

だがカレンが意識を引き締めるには、いささかタイミングが遅かった。

「妾が万の言葉を尽くして説明するよりも、実際に現場でこやつの実力を実感した方がお前も納得できるであろう？」

——ん？　この流れ、もしかして……

嫌な予感に多少のことでは小揺るぎもしないはずである口元が引き攣る。

カレンのそんなささやかな反応まで手に取るように見抜いているのか、ルーシェは本日一番のいい笑顔をカレンに向けた。

「ちょうどハイディーンで人攫いが頻発しているという報告が上がってきておっての。誰か腕が立つ魔法使いを送り込もうと考えておった所だったのじゃ」

【ちょっ……ちょっと待ってくださ】

嫌な予感が当たったことにカレンは慌ててクッションを差し出す。だがいい笑みを浮かべたままのルーシェがその程度で止まってくれるはずもない。

「実地試験をするのにちょうど良かろう。カレン。お前、クォードを連れてチョチョッと解決しておいで」

【いや、それ私向きの案件じゃな……】

「失礼」

『というかそんな「チョチョッと」とか言っちゃえる簡単な案件なんですかっ⁉　絶対そんなことないですよねっ⁉』と続けられる予定だった言葉は、先の文字が流れきるよりも早く割り込まれたドスの利いた声にかき消された。反射的に声の方へ顔を向けるよりも早く黒い影が視界をよぎり、ダンッと荒々しい音とともに急須がテーブルに叩きつけられる。

「さっきから聞いてりゃ随分勝手な言い分ですねぇ？　女皇陛下サマ？」

カレンとルーシェの間に割り込むように体を乗り出したクォードは、片手をテーブルに、反対の手を腰に置くと上からルーシェを見下ろす。カレンから見えるのはクォードの背中側だが、この角度からでもクォードが執事の微笑みを保ったまま額に青筋を浮かべているのが分かった。ドスが利いた声にも、慇懃無礼が所々剝がれ落ちかけている言葉にも怒りが滲んでいるのに、よくこの場面で執事スマイルを保っていられるなとカレンは思わず感心してしまう。

「俺はオモチャでもなけりゃ便利道具でもないんですが？　テメェらの勝手な思惑で勝手に誰かの人生の添えモンにされるなんざ真っ平ごめんでございます」

そうでありながら腰に添えられたクォードの手はいつでも腰のホルスターから魔銃を抜けるように備えている。その構えは端々から滲む怒りに反してひどく優雅だった。洗練されたその美しさは、確かな実力に裏打ちされた仕草から滲むものだ。

「俺がこいつに仕えているのは、俺の身の自由を得るため。期間はこいつの執事として働いた報酬が規定額に達するか、こいつが次期国主に正式決定するかの早い方まで。それが俺と貴女様との間で交わされた契約であったはず」

たかが銃で魔法使いは殺せない。クォードが持っている銃は『魔銃』らしいが、カレンが見た限り撃ち出される弾はごく普通の鉛玉と変わりがないように思える。ルーシェもそう判断したからカレンの下へ派遣するにあたってクォードから魔銃を没収しなかったのだろう。いくらここでクォードが魔銃を抜く構えを見せようとも、ルーシェはおろかカレンにさえそれは脅威にならない。

　カレンが初見で魔銃を突き付けてくるクォードに対して内心で涙目になっていたのは、『自分が捻り潰したはずである秘密結社幹部がなぜか自分に仕えると言って押しかけてきた』という『人嫌い』としての感情と『秘密結社幹部』という肩書きに命の危機を感じていただけであって、この魔銃自体にカレンが恐怖したことはない。逆にクォードはそれが分かっていたからこそ、教鞭ならぬ教銃として思う存分この魔銃を使っているのだろう。

　カレンに利かない物がルーシェに利くはずがない。そのことはクォードも分かっているはずだ。それでもクォードはそれをおくびにも出さない。いかにも『俺はやろうと思えばお前くらいいつでも殺せる』とでも言わんばかりの態度でルーシェに迫る。

「こいつの人生なんか俺は知らねぇ。そもそも執事は主に並び立つ存在でもねぇし、俺はこいつに己の有能さを示したいとも思っちゃいねぇ。……貴女様が今口にしたことは、契約の範囲外でございます。よって、わたくしの出る幕はございません」

「おや？　お前の魔術はカレンの魔法に劣ると？」

「誰がそんなことを申し上げましたか？　わたくしは『並び立つことを証明する必要はない』と口にしただけですよ」

――そう。別に証明なんかいらない。

クォードの物言いは気に入らないが、『この任務を受けたくない』という部分ではカレンも同意だ。クォードの発言にはイチミリも同意できないし、片っ端から反論もしたいが、話の流れには賛同できる。

――それに、出先で監視の目が緩んだタイミングでこれ幸いと裏切られたらバカみたいじゃない。

カレンではルーシェを説き伏せることはできない。ここは口が達者なクォードに頑張ってもらおうとカレンは大人しく二人の会話に耳を傾ける。

「ふむ。確かにお前が言うておることも正しい。お前がそれを主張できる立場にあるかどうかは別として」

クォードから一度視線を逸らし、物思いにふけるような表情を見せながらルーシェは変わることなく笑みが潜んだ声で言葉を紡いだ。その言葉にクォードの眉がピクリと跳ねる。

――まぁ、本来ならば死罪に処されていたわけだし、『大罪人が国主と対等な立場で公正に取引をできると思うな』って上から叩きのめされればそれまでなんだよね、本当は。

何気なく紡がれた言葉はクォードへの牽制だ。ルーシェとクォードの契約はルーシェ側が『公正に執り行ってやろう』という構えがあったからフェアに執り行われているのであって、本来の状況と立場を考えればここまで対等な条件で契約は成立していない。『身の自由のため』と事あるごとに主張するクォードだが、『国家転覆テロを企てた大罪人』という前提を考えれば、本来ならばクォードにそれを主張できる余地など存在していないのだ。

表情の変化を見るに、クォードもその辺りのことは十分に理解しているのだろう。その上でクォードはより良い条件を引き出すために強気な交渉に出ている。

──慣れてるんだ、こういう状況に。

執事に身をやつしたこの男は、やはりただ者ではない。その事実を垣間見たカレンは、クォードに気付かれないようにそっと気を引き締める。

「お前は徹頭徹尾、己の利のために動いておる。お前がこうなった経緯は経緯じゃが、妾はその一点のみならば信じてやっても良いと思うておるよ。お前はお前の『利』を裏切らぬ」

優雅な挙措で緑茶に口をつけたルーシェは、湯呑を手にしたままフワリとクォードを見上げた。その口元にはカレンに向けていた笑みとは種類が違う笑みが刷かれている。

「ならば、此度の任務がお前に利をもたらすことになれば、どうであろうか？」

「は？」

「お前、『労働対価が規定額に達するまで』と一口に言うておるが、それが具体的に何年分の労働になるか、きちんと計算してみたことはあるのかえ？」

ルーシェの発言にクォードの肩がピクリと震えた。分かりやすい動揺の仕方にカレンは思わず内心で目を瞠る。カレンが見ていた中でクォードがここまで分かりやすく動揺を露わにしたのは初めてだ。

「……っ、そこまでの、説明は」

「しなかったな。何せあの瞬間、お前にはその辺りのことを交渉できるだけの余裕を与えなんだ上に、その後もその辺りのことを意識させるような発言は意図的に避けておったゆえ」

クォードを見上げたルーシェは笑みを絶やさない。ルーシェの恐ろしい所は、こんな場面でも瞳の奥底まで笑みを浮かべていることだ。

「妾は賢君と名高き女皇。たとえ国家転覆テロを謀った大罪人が相手であろうとも、不当に低い賃金での労働を吹っ掛けるような真似はせぬ。お前の給金……労働対価に対する減却額は、皇都の使用人の最低賃金額をベースに月額で計算することになっておる」

カレンは思わずクォードの表情が見える場所まで椅子を移動させた。座り直してクォードの表情を覗き込むと、クォードはルーシェを見つめたままわずかに焦燥を浮かべている。恐らくクォードの頭の中では今、目まぐるしく計算式が飛び交っているのだろう。計算に必要な具体的な数字を知っているのか、クォードの顔からはジワジワと血の気が引いていく。

「ざっと二十年じゃな」

ルーシェはクォードが口を開くまで待ってはくれなかった。クォードが朧げに答えに行き着いた瞬間、かつ自分からその数字を口にする覚悟が決まるよりも早く、ルーシェはズバッと答えを口にする。

「釈放金プラスあの一件の損害賠償金。それがお前に科された労働対価の規定額じゃ。月額最低賃金でその金額を割ると、およそ二百四十ヶ月……二十年ということになる」

「……ちょっと、待て。お待ちやがれください」

ルーシェの言葉は的確にクォードの精神をえぐったようだった。顔色を失ったクォードはヨロリと体を引く。

「それは全額を返済に充てた場合の計算、だよな？　……です、よね？」

「そうじゃな」

「あんた、俺にかかる必要経費とか、俺が個人的に借りてる小金は、規程額に上乗せしておくって……」

「よく覚えておったのぉ」

ルーシェはわざとらしく目を丸くしてみせた。あざとい仕草にツッコむ余裕もないのか、クォードは無言のままワナワナと震えている。

――え？　つまりクォードって、実際に現金でのお給金ももらってるってこと？

人が生きていくにはお金が必要だ。いくら衣食住が完備された住み込み労働者でも、個人的に必要な物品は自分の給金から賄わなければならない。ある程度は経費になるかもしれないが、それでも大の大人が無一文というのはいかにも心もとなさすぎる。

恐らくその辺りはルーシェも配慮してくれたのだろう。クォードの労働は本来ならば釈放のための無償労働だが、ルーシェは月額最低賃金という数字で具体的に成果を示し、その内の何割かを実際に現金での給金としてクォードに与え、残りを対価の減却分として計算する形にしているらしい。確かに具体的な数字が提示されることも、クォードの生活を最低限保障してくれていることも『フェアな取引』だと言える。

――ん？　でもそれってつまり……

「じゃあ実際の所はもっと時間がかかるってことじゃねぇかっ！」

クォードは執事としての体面を完全にかなぐり捨てて絶叫した。その恐慌の仕方にカレンは思わず『ざまあみろ』と思うよりも前に驚きに目を丸くする。

――こいつならその辺りのことにもっと早く気付けそうな気がするのに、何で今まで気付かなかったんだろう？

先程の計算は労働対価を全額減却分に充てた場合の計算だ。満額が減却に充てられていない以上、実際はもっと時間がかかることになる。さらに言えばクォードが個人的に追加で現金を必要としたり、さらなる賠償責任が発生したりした場合は、その分の金額も規程額に加算されていくことになるはずだ。

――この間ドアノブを射撃で吹っ飛ばした分、請求出したら加算されたりするのかな？

「そういうことじゃな」

「詐欺だろ……！」

「何を言う。妾はどこまでもフェアに、対等に取引してやっておるではないか。前提条件にきちんと考えを巡らせていなかったお前の落ち度じゃよ」

「拷問受けて瀕死のヘロッヘロ状態の人間に『取引を受け入れるか死ぬか』って迫ったらそんなことを考えるよりも早く喰いつくに決まってんだろ！」

「おまけにお前はその後昏睡状態に誘導されて治療を受けたせいか、その辺りの交渉をきちんとしていなかったことをスッパリと綺麗に忘れておったようじゃしのぉ！」

カレンが驚きの裏でひっそりと黒いことを考えている間も、クォードは果敢にルーシェに食って掛かっている。だがルーシェの余裕の笑みが揺らぐことは微塵もない。さらにはもっと腹黒な発言まで飛び出している。

「意識が落ちる前に無理やり契約書にサインを書かせておいたおかげで、意識が回復したお前は契約時の記憶がなくてもあっさりと妾の話を信じて燕尾服に袖を通したからな。いやぁ、あの時ばかりは妾の溢れ出る交渉の才能を感じたとも！」

――伯母様。

カレンは思わず先程までの怒りを忘れてクォードに同情してしまった。おそらく先程の疑問に対する答えは『ルーシェがその辺りのことをクォードに意識させないよう、意図的に情報や発言を調整していたから』という理由に帰結するのだろう。

——欲しい獲物は確実に落とす。それがアルマリエ女皇としての伯母様だからなぁ。

つまりクォードはまんまとその毒牙に掛かったということだろう。秘密結社の幹部といえども、老獪さでアルマリエ国主に敵うことはできなかった、という話だ。

「テメッ……!」

「で。『利』の話じゃが」

サラリとクォードの怒りを受け流したルーシェはコトリと湯呑をテーブルに戻した。両肘をテーブルについたルーシェは、組んだ手の上に顎を載せると上目遣いにクォードを見上げる。

「お前がカレンの伴をすると言うならば、特別手当を弾んでやろう」

「……何?」

「ひとまずハイディーンでの一件をお前がカレンに助力することで解決してこられたならば、三ヶ月分まるっと対価を減却してやろう。中々に美味しい話だと思わぬか?」

その言葉にクォードの表情がスッと引き締まった。新たな計算が脳内で回っているのか、クォードはルーシェの真意を測るかのようにじっとルーシェのことを見据えている。

そんなクォードの反応さえもが想定した通りだったのか、ルーシェはスッと指を伸ばすとさらに言葉を付け足した。

「まぁ、ついでじゃ。お前の武装用の魔銃も、任務に出ている間は一時的に返してやろう。あれがなくば、お前は真価を発揮できぬじゃろうからな」

【魔銃？】

その言葉に思わずカレンは文字を上げていた。視界の端できちんとカレンの動向も捉えていたのか、音は立てなかったのにルーシェの視線がカレンへ流れる。

その視線を逃さず、カレンは素直に疑問を呈した。

【魔銃って、もうすでに持ってますよね？】

文字を流しながらクォードの腰に視線を向ける。燕尾服の尻尾の下に隠されたホルスターにはオートマチック拳銃が入れられているはずだ。しかもクォードから逃げ回っている時に気付いたのだが、どうやら魔銃は二丁装備されているらしい。二丁が同時に抜かれた場面はまだ見ていないが、思い返せばクォードは魔銃を右手でも左手でも扱っていて、かつどちらも片手でホールドしていた。あれは二丁を同時に扱える人間の動きだと思う。

カレンの疑問にルーシェは何事か納得したような表情を見せた。同時にクォードに視線が送られ、クォードはその視線から逃げるように顔を逸らす。

――ん？　何その反応？

明らかに今の動きは何か後ろめたいことを隠している人間の反応だ。どうやらクォードはこの一件について何やらカレンに伏せていたことがあるらしい。

──油断も隙もあったもんじゃない。

そっぽを向くクォードと視線の温度を下げたカレンを眺めて状況を把握したのか、ルーシェはやれやれと軽く肩をすくめてからカレンの疑問に答えた。

「カレン。あれはこれにとっては衣服の一部じゃ。いわば妾達が常に魔力を纏っているようなもの。武装状態とは言わぬ」

【いや、銃って言ってる時点で十分に武装していると思いますが】

「しかしあの鉛玉では妾達は殺せぬであろう？　妾達の脅威にはならぬし、何よりあれまで引っ剝がしてはいかにもこれは脆弱すぎる。護身用具くらいは持たせておかねば、逆にお前の執事として役に立たぬかと思うての」

散々な言われようだが、クォードは視線を明後日の方向に逸らしたまま反論を口にしなかった。自分の手の内をさらしたくないのか、あるいは図星を衝かれているからなのかは分からないが、とりあえずルーシェの説明に今のところ間違いはないらしい。

──いやでも、私達にとって脅威ではないけど、離宮の使用人達にとっては十分脅威になりえると思うんですが……

妙にルーシェは部分的にクォードを信頼しているような気がしてならない。どれだけ有能であろうが、この男が国家転覆テロを企てた大罪人であることに違いはないというのに。

──面白くない！

「オートの二丁は、弾を発射する機構に魔術の理論式が組み込まれてるってだけで、実際引き起こされる現象は普通の銃となんら変わんねぇ。鉛玉を高速で撃ち出すことで殺傷能力を生む。理屈が分かってりゃあんたらには何ら脅威にならない事象らしいな」

カレンが内心だけで頰を膨らませていると、不意にクォードが声を上げた。どこか不貞腐れたような表情のまま、クォードはチラリとカレンへ視線を向ける。慇懃無礼の皮を被っていないということは、今のクォードは執事以外の立場……一端の魔術師としてカレンに口を利いているということだろうか。

「女皇が言ってる武装用魔銃は、ただの鉛玉じゃなくて魔弾を装填して使う。弾そのものに理論式が刻まれてるから、魔法使いでも狩れる」

──魔法使いを殺せる魔銃……

その言葉にカレンはキュッとクッションに添えた手に力を込めた。

カレンは魔法使いであって魔術師ではない。魔術のことはサッパリ分からないカレンだが、恐らくその武装用魔銃と普段使いの魔銃はそれぞれの欠点を補完し合う形で作られたのだろうということだけは想像できた。そうでなければわざわざクォードが二種類も魔銃を持ち歩く必要性はない。

──つまり武装用魔銃には魔法使いを狩れる力はあっても、何らかの欠陥がある。

ならば警戒は必要でも、むやみに恐れる必要はない。

その気付きをしっかり記憶に刻みながら、カレンは気を引き締める。

それからふと、あることが気になった。

——ん？　けど、ちょっと待って？

【武装状態のクォードって、何丁銃を持ってるの？】

カレンはクォードに向かって問いかけた。カレンがその部分を気にするとは思っていなかったのか、クォードはキョトンといつになく無防備な顔を見せると素直に口を開く。

「武装用魔銃二丁、通常装備用魔銃二丁、計四丁だが」

【いや武装しすぎじゃないっ⁉】

「何事にもやりすぎということはございません。備えあれば憂いなし、です」

——いやいやいやいやいや、四丁って！

武器を備えるということは確かに攻撃の威力を上げることに繋がるが、同時に体に重りをつけるということにもなる。カレンは銃に馴染みはないが、銃一丁がそう軽い物ではないということは知っている。それを戦いの場で四丁も装備するとは正気なのだろうか。それともクォードは体力強化や質量操作の魔術を使ってその重みを相殺することができるのか。

——そもそも人間はどう頑張っても二丁までしか同時に銃を構えられなくない？

「で？　どうする。受けるのか、受けないのか」

『場面によって装備を変えるとかで良くない？』とカレンが内心でツッコミを入れている間にルーシェは話題を引き戻していた。

その言葉にカレンはハッと我に返る。

——マズい、この流れだと……！

「……確かに、この条件ならばわたくしにとっては『利』ですね」

カレンが慌てて顔を上げた時には、執事の皮を被り直したくせに魔王の気配を隠していないクォードがニヤリと黒い笑みを浮かべていた。自分の思惑から外れる反応にカレンは急いでクッションを押し出そうとするが、ルーシェがそんな隙を与えてくれるはずもない。

「交渉成立、で良いかえ？」

【ちょっ、待っ】

「謹んでお受けいたします。契約書への追記をお願いしても？」

【あの】

「良かろう。今ここで追記してやっても良いが、契約書は持参しておるかえ？」

【待ってくだ】

「こちらに」

焦るカレンを放置してクォードは優雅な仕草で懐から契約書を取り出した。そんなクォードにルーシェが満足そうな笑みを浮かべる。

「つかぬ事をお伺いいたしますが。その契約書、何か特殊な魔法でも施されていらっしゃいますか？　毎度毎度、部屋に保管しているはずなのに、いつの間にか懐に戻ってきているのですが」

【話聞いて】

「あぁ！　絶対捨てられないように一単語書き込むごとにしつこく呪いをかけておいたのじゃ。うっかり程度では紛失はおろか、定位置保管もできぬ呪いの書じゃぞ！」

【ちょっ】

「……今何気なく『呪いの書』と仰いましたか？」

【さすがに酷】

「お前が失くさないように気を遣ってやった結果じゃよ」

二人ともカレンのクッションは視界に入っているはずなのに、なぜか二人ともがカレンの言葉に気付いてくれない。契約書を受け取り、指を宙にクルクルと回してどこからともなく万年筆を取り出したルーシェも、そんなルーシェに視線を置いたクォードも、鉄壁の笑顔を保ったまま妙にテンポの合った掛け合いを披露し続ける。

──ちょっと！　ちょっとぉっ!!

【伯母様！　私は】

「カレン。お前は妾の姪（めい）で次期国主候補じゃが、同時に第二位（アロン）の位階を持つ皇宮魔法使いであることを忘れてはおらぬかえ？」

あまりの暴挙に焦り半分、泣き半分の心境で椅子（いす）を蹴（け）って立ち上がったカレンは、両手で支えたクッションを勢いよくルーシェに向かって突（つ）き出す。だがクッションに文字が流れ切るよりも、顔も上げずに万年筆を滑（すべ）らせるルーシェが何気なく言葉を紡（つむ）ぐ方が早い。

「皇宮魔法使いは様々な特権が認められておる代わりに、その責務を果たさなければならぬ。権利と義務は対（つい）であるからこそ成立するものじゃ」

アルマリエ帝国（ていこく）が定める魔法位階全十二階級の内、無条件皇宮参内（さんだい）権を与えられる第五位（オト）以上の魔法使いのことをアルマリエでは『皇宮魔法使い』と呼ぶ。

その中でも特に第三位（フィーファ）以上の魔法使いは皇宮内に自分専用の研究室を与えられ、住み込みで魔法研究を行う特権が認められている。場合によっては国主の名の下（もと）に皇宮外に研究所を持つことも可能だ。カレンがルーシェから離宮を下げ渡（わた）されたのも、名目上はこの特権を利用したものである。

「国主の名の下に皇宮魔法使いに対して発令された命令は、内容がよほど理不尽（りふじん）か、魔法使い側によほどの理由がない限り、拒否（きょひ）することは認められない。例外を認められない者が命令を拒否する場合は魔法議会の議決もしくは国主の判断により、特権剥奪（はくだつ）を含（ふく）めた処分を科すことができる」

ルーシェが歌うように口にした言葉は、アルマリエ帝国において魔法に関する一切を取り仕切る法律『アルマリエ魔法法典』に明記されている文面だ。残念なことにルーシェお得意の暴君理論ではなく、れっきとした法律である。

カレンの背筋をツウッと冷たい汗が伝った。そんなカレンの前で契約書に新たな文面を書き入れたルーシェは、コトリと万年筆を置くと花が咲き誇るような笑顔とともにカレンを見上げる。

「妾はいつだってあの離宮を返還してもらっても良いのだえ？　お前が住む場所に困ると言うならば、皇宮に住まえば良いしな」

【お、伯母様……！】

「皇宮魔法使いとしての地位を失っても、お前は妾の姪であり、次期国主候補であることに変わりはない。皇宮に住んでいても文句は言われんじゃろ」

【お待ちください伯母様っ!!】

カレンは今度こそルーシェの眼前にクッションを突き出した。感情が文字にまで滲んでいたら、きっとクッションに表示された文字はカレンの半泣きな心情を映して色も形もフニャフニャになっているに違いない。

それでもカレンは奥歯を噛み締めて決意の一文を表示させる。

【その任務、謹んで拝命いたします】

「そうか、それは助かるのぉ！」

――引きこもりから引きこもる場所を奪うって脅しといて！　何が！　なーにーが『助かるのぉ！』なんですかっ!!

クッションを机の上に戻し、屈辱にプルプル震える体で何とかお上品に椅子に座り直す。万が一にもクッションに指先が当たらないように腕を組んでルーシェを睨みつけると、ルーシェはニマニマと実に楽しそうに笑っていた。やろうと思えば上品な笑みを浮かべ続けることもできたはずなのにあえて内心を隠してこないルーシェに苛立ちは増すばかりだ。

そんなカレンとルーシェのやり取りを眺めていたクォードが、思わずといった体でボソリと言葉をこぼす。

「お前も案外苦労してんだな……」

――あんたに同情なんてされたくないっ!!

思わずカレンはキッと事の元凶を睨みつける。その視線にいつになく殺意が載っていたのか、はたまた涙目になっているのに驚いたのか、視線を受けたクォードの体がわずかに後ろへのけぞった。

「お前がハイディーンへ行ってくれるならば、妾は妾にしかできぬ仕事に集中できる。やれ、これで多少は捗るかのぉ？」

そんなカレンとクォードのやり取りを尻目に、ルーシェはクォードへ契約書を返しながら席を立つ。そろそろ執務に戻るつもりなのだろう。カレン達の前ではおくびにも出さなかったが、国主としてのルーシェは常に分刻みのスケジュールをこなす多忙な身だ。

「ある程度の仕事は側近に預けられるような体制を作っておかないと、いざという時に苦労することになるのでは？」

お開きの宣言もなく席を立ち、後ろ手にヒラリと片手を振ったルーシェにクォードが皮肉を混ぜた口調で言葉を投げる。

「トップが倒れただけで崩壊する国政なんて、脆いもいいところでしょう」

「もちろん、国政は妾一人が欠けたところで小揺るぎもせんさ。妾を支えてくれている臣下は皆優秀じゃからの」

だが徹頭徹尾カレンとクォードを手のひらの上で転がし続けたルーシェは、その言葉にも余裕の笑みを崩さない。

ドアノブに手をかけながら振り返ったルーシェは、今までの強気な笑みにどこか甘さを滴らせてカレンとクォードを流し見る。

「じゃが、夫を甘やかすという仕事は、生憎妾にしかできぬ仕事であるゆえに」

「……は？」

ルーシェはそのまま優雅な身のこなしで部屋を後にした。パタリと閉じられた扉の向こうからは侍従を呼ぶ銀鈴の音が聞こえてくる。

——絶対に私には見せないけど、伯母様って本当に忙しいんだよなぁ……

「……夫？」

閉じたまま動かない扉をぼんやりと眺めていたカレンは、ポツリと落とされた声に顔を上げた。そしてそこにあったクォードの顔を見て思わず目を丸くする。

「あいつ、結婚してたのか……？」

——『幽霊がコサックダンスを披露している現場を目撃した』とか『ダチョウが逆さ向きに空を飛んでいる姿を目撃した』とか、そんな場面に遭遇したらこんな顔になるのかも。

まるで、この世で絶対に遭遇するはずのない珍事に遭遇してしまったかのような。そんな愕然とした表情を取り繕いもせずに固まっているクォードに、カレンは驚きとともに問いを向ける。ただクッションを差し出しただけでは気付かなかったクォードに向かって、文字を表示したままのクッションを山なりに放り投げてぶつけてやると、クォードは片手でクッションを叩き落としながらようやくカレンへ視線を向けた。

【知らなかったの？】

「公にされてたか？　作戦遂行を命じられた時、ある程度国政中枢に関わる人間の話は頭に入れてきたつもりだったんだが……」

いつになく素直に執事の化けの皮を忘れて答えるクォードは、よほどルーシェが既婚者であったことに驚いているのだろう。その情報を自分が知らなかったことにも驚いているのだろうが、『あんな暴君の夫になるとか、利権とか差っ引いても無理だろ、趣味悪ぃ』などとブツブツ呟いているのを聞くに、どうやら純粋にルーシェを娶った人間がいたという事実が信じられないようだ。

——別に伏せられてるってわけじゃないはずなんだけど。

カレンはしばらくルーシェとその夫……伯父であるセダについて考えを巡らせ、クォードがその情報を得られなかったことにひとつの推論を導き出した。

【伯父様、引きこもりだから】

ドレスの後ろ裾に刻まれた転送魔法円から新たなクッションを召喚したカレンは、腕にクッションを抱えると文字を流した。

【アルマリエでは王配があんまり重視されないし、三十年前に結婚してから伯父様はほとんど表に出てきてないみたいだから】

何せ身内であるカレンでさえ滅多に顔を合わせない相手だ。

ルーシェ曰く、伯父であるセダは政にも派閥争いにも興味がないそうで、皇宮奥深くに与えられた自分の研究室に入り浸って日がな一日魔法研究に没頭しているのだという。第一位の位階を持つ皇宮魔法使いではあるが、アルマリエでは王配にあまり権力が与えられないこともあり、セダの存在はルーシェに近しくない臣下達には半ば忘れ去られてさえいるという。

——というよりも、伯母様がそうなるように仕向けたんじゃないかな？

　セダの姿を直接見ることはないカレンだが、ルーシェの言動の端々から二人の関係が仲睦まじいことは察している。そもそもルーシェが私的な場に極東の文化を好んで取り入れているのは、セダが極東出身の流れの魔法使いであるからだという話だ。そんな愛しい夫が無駄な権力争いに巻き込まれることがないよう、ルーシェはあえてセダの存在を埋没させるように心がけているのかもしれない。

【だからあんまり情報が流れてないんじゃない？】

　その辺りの事情は割愛して、カレンはふんわりとした推論を伝える。そんなカレンの説明にクォードは何となく納得したようだった。

　そうでありながらクォードは納得と呆れがないまぜになった表情でカレンを見つめてくる。まだ何か納得できないことがあるのだろうかとカレンはクッションを抱えたまま小首を傾げた。

　そんなカレンに向かって、クォードが口を開く。

「『引きこもり』というのは、アルマリエ皇族の特徴だったのですか？」

——珍しく素直に驚いてたから素直に教えてやったっていうのにっ！

　失礼極まりない発言に、カレンは考えるよりも早く腕の中のクッションを頭上へ振りかぶっていた。

ハイディーンは、アルマリエ帝国（ていこく）北方領に位置する小さな町だ。アルマリエ国内で流通している観光本では『名峰（めいほう）・ケルツディーノ山に抱（いだ）かれた雄大（ゆうだい）な自然が味わえる観光スポット』として紹介（しょうかい）されている。

確かにそれは事実だったと、カレンは目の前に広がる雄大な景色に小さく頷（うなず）いた。

「というか、何なんです？　こっちに仕事振ってきた理由が『夫を甘やかすため』って」

雄大な山々を前にしていれば、愚痴（ぐち）の言葉でさえも清々（すがすが）しく響（ひび）く……わけはなかった。

「『夫を甘やかす』と『国政を取り仕切る』を同じように並べて仕事扱（あつか）いするのはどうかと思うのですがねぇ？　国主が色に傾倒（けいとう）した国は必ず滅（ほろ）ぶって歴史が証明していることですし」

――いや、それを今この場で、私に向かってネチネチ言われてもどうしようもないんですけども。

カレンは思わずすがめた目で隣（となり）を流し見た。だが腕を組み、カレンと同じように目をすがめたクォードがつらつらと並べる言葉は止まらない。せっかく空気が綺麗（きれい）で清々しい気候の場所にいるのだから多少は楽しいことを喋ればいいのにとも思うが、クォードが愚痴を止められない心境も何となく分かってしまう。大変不本意なことに。

――いや、でもそれを、ほんと延々と言われ続けても、こっちもうんざりするだけなんだけども。

というよりも、今この場でクォードの口から楽しい話題が出てきていたとしても、それを快く受け取れる心境にカレンはないわけなのだが。

「それと、『人攫い』と言われましたか、解決を命じられた案件」

カレンは思わず溜め息をつく。その溜め息ももう何度目のことか分からない。

今カレンとクォードが並んで立っているのは、観光案内本で『絶対行きたい絶景スポット』と必ず紹介されている町の入口の櫓の上だった。ハイディーンへ転送魔法円で飛んだ二人は、手始めにここへ登るとひとまず目の前に広がる雄大な景色を眺めている。

というよりも、それ以外に特にできることが何もなかった。

「人攫いなんて起きてなくても、過疎化が進んで勝手に人がいなくなっていそうな町だと思うのですが」

――それは私も思った。

事の元凶であり、敵であり、日々の平穏を乱す異分子であるクォードなんぞに同意などしたくはなかったが、残念なことに今この瞬間だけはクォードに同意せざるを得ないというのがカレンの正直な内心だった。

風が吹くたびにギシッ、ミシッと不穏な音を立てて揺れる古びた木製の櫓。視界は五割が山、四割が空、残り一割が町といった具合で、左右へ視線を走らせればひたすらに荒々しい山と抜けるような空のコントラストが続いている。

観光都市、ハイディーン。

町の主要産業がケルツディーノ山への登山客や北方へ抜ける街道の利用客を相手にした宿泊業であるため分類上『観光都市』になっているそうだが、実態はその華やかな字面からは想像もつかないようなド田舎だった。一応冷涼な気候を活かして細々と酪農も営まれているらしいから、食べ物が美味しいことは救いなのかもしれない。

――寒冷地って貴族の避暑地とかがあると栄えるんだけど、ここは絶妙に不便な上に気候が厳しすぎてそういうのもないらしいしなぁ……

同じ『北方領』というだけで生まれ故郷であるミッドシェルジェ公爵領スリエラを思い浮かべていたカレンはほんのりカルチャーショックを受けていた。もっとも、北の国境を守護する防衛ラインとされ『アルマリエの北都』と称されるスリエラとハイディーンを同列に捉えていたカレンに非があることは明白なのだが。

【文句ばっか言ってても始まらないんじゃない？】

カレンは気を取り直すとクッションをクォードの方へ差し出した。いい加減クォードの鬱々と続く言葉を聞くのに耐えかねたカレンは、ひとまずクォードの言葉をぶった切るためにあえて前向きな言葉を表示させる。

【私達、事件を解決しないと帰らせてもらえないわけだし】

「チッ、特別手当と武装用魔銃の返還って言葉に食いつきすぎたか」

――そりゃあ伯母様がタダで甘い汁を吸わせてくれるはずがないじゃない。

一瞬化けの皮が剝がれた状態でボソリと呟いたクォードに対し、カレンは内心で溜め息を上乗せした。もはや『ざまあみろ』と思う気持ちの余力もない。

カレンだって任務に気が乗らないという部分ではクォードと同じだ。クォードに同意するなど、本当に不本意な上に面白くないことこの上ないし、同意できてしまう己自身に腹が立ってもいるのだが、事実であるのだから仕方がない。さらに言えば任務を果たしてもカレンには何の旨味もないのだから、恐らくカレンの内心の方がクォードよりも鬱々としているはずだ。

――『相棒』とか『試す』とか、迷惑もいい所なんだけど。

ルーシェの勝手な言い分を思い出した瞬間、苛立ち以外の感情からクッションを抱きしめる腕にキュッと力がこもった。

――一人の方が、気楽でいいのに。

公爵家とは言っても、ミッドシェルジェは『武闘派』と頭につく公爵家だ。アルマリエ国祖の血を引いていながら魔力は皆無という特殊な家系であるミッドシェルジェは、代々卓抜した武力でアルマリエの北の国境を守り抜いてきた。その『武』は下手な魔法よりもよほど強いと聞いて育ったし、都に出てきてからそれは事実だったと実感している。

ミッドシェルジェの『武』に母譲りの強大な魔力が加わったのがカレンだ。だから大抵のことはカレンにとって脅威にはならない。皇宮魔法使いの位階を得てからカレンはずっと単独で任務にあたってきたが、不自由を感じたこともなければ危機に瀕したこともなかった。実家の躾のお陰で一人の長旅だって苦に感じない。相棒の必要性は感じていないし、むしろカレンの場合は本気になった時に味方が傍にいると諸々都合が悪い。

──魔術師って、基本的に魔法使いより魔力総量少ないんでしょ？　か弱くて寿命も短い人間を下手に傍に置けばどうなるかなんて、それこそ伯母様が一番分かってそうなものなのに……

寿命に関しては、打つ手がないわけではない。現にルーシェは魔力を持たない腹心の臣下と時をともにできるように手を打っている。カレンにもその手が使えないわけではないが、自分がそこまでしたいと願うほど誰かに心を預けるなんて想像すらできないのが現状だ。

──ましてやこんな『物騒・無礼・大罪人』な上に裏切り疑惑まである押しかけ執事を相手に、私がその手を使うほど信頼を置くようになると？

何だか思い出したらさらにイライラしてきた。どうにもならないことを何度も思い返して思考を転がしてみたところで非生産的なことこの上ないのに、どうしてもあのルーシェの発言を意識から切り離すことができない。

――こんなことに思考回路を割いている余裕なんてないはずじゃない。

「仕方がありませんね。とっとと片してさっさと帰りましょう。貴女様のそのシケたツラと山しか見るものがないというのも気が滅入ることですし」

カレンがそんな鬱々とした内心を噛み締めているというのに、事の元凶はどこまでも身勝手だった。ようやく気持ちに区切りがついたのか、執事としての化けの皮を被り直して言いたい放題言い放ったクォードは、クルリと身を翻すとカレンの反応を確かめることなく階段を下りていく。

「さっさと行きますよ。こちらはチャキチャキ稼いで、一刻でも早く年季明けをもぎ取るつもりなのですから」

その瞬間漏れ聞こえてきた声に、ついにカレンの中で何かがプツリと音を立てて切れたような気がした。

――だ・か・ら！　何なのその好き放題な発言は！

【『執事』として稼ぎを上げたいなら、少しは従者らしい態度でも見せたらどうなの？】

あまりにも身勝手な発言に怒りを抑えきれなくなったカレンは、思わずクォードに向かってクッションを投げつけていた。完璧に死角からの奇襲だったはずなのに、クォードは振り返ることもなく片手でクッションを受け止めてしまう。

【従者らしい振る舞いのひとつでも見せてくれれば、賃上げ交渉くらいしてあげてもいいけど？】

それがさらに面白くなかったカレンはクォードが受け取ったクッションに文字を流し続ける。ペロンと片手で顔の前にクッションを吊るしてその文字を眺めていたクォードはハンッと嘲りを隠さずに鼻で笑った。

「貴女様が仕えるに値する主としての器を見せてくだされば、わたくしだってそれらしい態度のひとつやふたつくらい見せて差し上げるんですがねぇ？」

【はぁ？　あんたがしおらしい態度を見せる所なんて想像もつかないんだけど？】

「現に見せていましたよ」

思わず食って掛かった瞬間、クォードは手首のスナップを利かせてカレンにクッションを投げ返していた。ヒョイッと軽く投げたようにしか見えなかったのに、クッションはそこそこの勢いでカレンの顔面に襲い掛かる。

その対処に気を取られたせいで、カレンは次の言葉をクォードがどんな表情で口にしたのか見ることができなかった。

「もう、随分昔の話ですがね」

――昔？

クォードの動きに倣うように片手でクッションをはたき落とすように受け止める。同時にカレンは内心だけで首を傾げていた。

――何よ、その感傷に浸ってるみたいな雰囲気。

クォードの短い言葉には、普段のクォードからは感じない切なさや儚さといったものを感じた。どこか遠くを思うような、もう自分は帰れない故郷を思うような……そんな雰囲気を、一瞬だけクォードは纏っていた。

――似合わない雰囲気、急に出してこないでよね。

そのことに対する戸惑いのせいであふれ出そうになっていた怒りはどこかに消えたが、どちらにしろ面白くないことに変わりはない。淑女の顔面を狙って攻撃してきたことも、思わせぶりな言葉や雰囲気も。この押しかけ執事は何もかもがカレンの癇に障る。

「で？　どうなさるのですか？　これから」

カレンに気を遣うこともなく、今度こそクォードはマイペースに櫓を下りていった。四丁の魔銃を帯びたクォードの総重量はいかほどになっているのか、古びた櫓は今にも踏み板が抜けそうな苦しげな軋みを上げている。

「貴女様は今までも皇宮魔法使いとして任にあたってきたというお話を伺っておりますが。今回も何か有効な対策がおありで？」

【あんなにやる気見せてたくせに、何も考えてなかったの？】

「生憎、わたくしの仕事は貴女様にお仕えすること。貴女様の補佐役でございます。貴女様の計画が分からないことには、ねぇ？」

——だから！　『仕える』って言うならそれ相応の態度！

わざと揺らしているのではないだろうかと思わず疑ってしまうくらい軋む櫓を、カレンは眉ひとつ動かさず優雅に下りきった。地上に下り立っても手のひとつも差し出してこないクォードを尻目に、カレンはスタスタとハイディーンの町の中に入っていく。カレンとしては櫓での意趣返しのつもりだったのだが、斜め後ろに従ったクォードは特に気にした様子もなく町の様子に目を配っているようだった。

——町の人の視線が痛い……

登山客と旅人、そして町の住人しかいないハイディーンの中で、ドレス姿のカレンと執事服姿のクォードは明らかに浮いていた。場違いすぎる格好に道行く人々の視線が自分達に集中しているのが分かる。引きこもりにとってはこれ以上の苦痛はそうそうない。

——んもぅ！　何もかもがうまくいかない……！

もしかしてこれもクォードからの新手の嫌がらせなのか。

カレンは外出用に頭に載せたミニハットのレースをヴェールのように顔の前に垂らしながらさりげなく立ち位置をクォードの後ろに移した。対するクォードは周囲の視線が気になることもなければカレンの内心も分かっていないのか、急に立ち位置を変えたカレンに一瞬怪訝そうな表情を向ける。

【まずは宿を確保】

そのことに腹が立つような、弱点を覚られる方が腹が立つような、とにかくひたすら面白くない内心を噛み殺しながら、カレンはクォードの問いに答えるべくクッションに文字を流した。トゲのある言葉を発しながらも一応己の発言通りにカレンを補佐して共闘するつもりはあったのか、カレンが文字を流した瞬間クォードは存外あっさり顎を引いて応える。

「活動拠点を確保するということですか」

【引きこもれる場所を用意しないことには話が始まらない。場所が用意できれば、後はどうとでも】

「はぁ?」

だがその『納得』という空気は即座に消し飛んだ。険を帯びた空気にチラリと視線を上げれば、クォードは常の蔑むような視線をカレンに向けている。

「ここまで来てまだ引きこもるおつもりで? いい加減諦めてキリキリ働かれてはいかがです?」

【だから、働くために私は引きこもる場所が必要なんだってば】

「引きこもっている時点で働いていないでしょう。労働ナメていらっしゃるのですか？」

カレンとしては事実を説明しているつもりなのに、クォードは頑としてカレンの主張を認めない。その頭ごなしな否定の仕方にカレンは思わずムッと眉間にシワを寄せた。一度は水に流した怒りがまたムクムクとカレンの胸の奥を占拠し始める。

【自分で計画練ってこなかったくせに、私の計画には文句を言うの？】

「もっとキリキリと働く立派なご計画があるはずだと、主の志を信じておりましたので」

――本っ当に！　何なのよっ!?　その態度っ!!

カレンの表情にクォードは気付いていたはずだ。それでも形だけしかカレンに仕えるつもりがないクォードはその舌鋒を鈍らせない。本来ならばシワなど微塵もないはずである己の眉間に今、深々とシワが刻まれているのがカレンには鏡を見なくてもよく分かった。

【そこまで文句言うなら自分で勝手に動けばっ!?】

「左様ですか。それは御命令として受け取っても？　一応、貴女様の計画には従うつもりがございましたが、そこまで仰るならばそのように致しましょう」

挙げ句の果てに続いた台詞に、カレンの中で『プッツン』という音が鳴り響いた。先程聞こえた時は『ような』という言葉が入ったが、今度は完全に何かがブチ切れた自覚がある。心穏やかに引きこもっていた自分には聞こえることはないだろうと思っていた音だが、ついにカレンも己の堪忍袋の緒が切れる音を聞くことになったらしい。

「女皇陛下より解決の手段を指定されなかったということは、どのような形であれ事件が解決すればそれで良いということでしょう。迅速な解決が成されれば、別行動であっても問題ないのではないかと、わたくし、実は最初からひっそり思っておりました」

相棒として派遣されているとはいえ、クォードが大罪人であることに変わりはない。本来ならばクォードの暫定主であるカレンにはクォードが不審な動きをしていないか見張る義務がある。ルーシェにその辺りを説明されたことはないが、カレンだって次期国主候補に推される一端の貴族であり魔法使いだ。それくらいの責務があることくらいは自ずと理解できている。

というよりも、カレン自身がクォードの裏切りを疑っている部分がある以上、派遣先ではきっちりクォードの行動に目を光らせるつもりだった。裏切りの確証さえ得られればカレンの独断でクォードを処分してもルーシェは許してくれるだろう。クォードにとってこの任務が裏切りに絶好のチャンスであるならば、カレンにとっても関係の白紙撤回に絶好のチャンスだったのだ。

が、しかし。

カレンだって、人間である。

いくら『無言姫』とあだ名されている人間であろうとも、感情は普通にあるわけで。引きこもりであってもプライドはあるわけで。というよりも、普段から人との交流を断っているからこそ、不愉快な人間に好き勝手言われるのは一際気に食わないわけで。

【勝　手　に　す　れ　ば　!?】

結果、カレンは叫ぶ代わりにいつになく力強い書体でデカデカとクッションに文字を映し出した。そりゃあもう、実際に声に出して叫んでいたら、見事な山びこが聞こえたレベルの力強さで。

「決まりですね。貴女様のツラを見てなくていいなら、多少は心安く任務に当たれるというものです」

【それはこっちのセリフっ!!】

最後の捨て台詞に対するカレンの叫びは果たしてクォードの視界に入っていたのだろうか。そこからして疑問な素早さで身を翻したクォードは、カレンを振り返ることもなくスタスタとハイディーンの町の中へ消えていく。後に残されたカレンは怒りに全身をプルプル震わせながら通りの中心に立ち尽くした。

——何よ！　何よっ!!

疑わしい行動をしてきたら、今度こそ容赦しない。ルーシェの裁定を受けさせる前に、己の裁量で骨も残さず消し炭にしてくれる。

——お財布は私が持ってる。事件の捜査資料も、宿代を担保してくれる証書も、持ってるのは私。

今のクォードは自前の小銭しか持っていないはずだ。クォードの懐事情は一々把握していないが、決して優雅な旅を楽しめるような状況ではないだろう。下手をすれば今晩からクォードは野宿をするハメになる。精々そのことに気付いて後悔すればいい。

――ボロ布みたいにみすぼらしくなって泣きを入れにくればいい！

もしくは次に会う時までにクォードの離反が明らかになれば、再会した日がクォードの命日となる。今度クォードに向かって雷撃を振るう時は、加減を間違えてうっかりなどではなく、カレンの意志を以て消し炭にしてやろう。

そんなクォードの未来を想像して鬱憤を紛らわせつつ、カレンは肩を怒らせながら手近な宿に突進したのだった。

『魔力』というものは、世界に繋がるための力であると、カレンは考えている。

魔力は、人の器の中にあるだけではない。大地を、空を、生き物の中を巡って循環していくものだ。そして人は、己という器の中にある魔力を通して、世界に流れる魔力の流れにアクセスできる。器が大きくて多くの魔力を蓄えることができる者ならば、その流れと同化し、流れを使役することさえ可能だ。

カレンは目を閉じて椅子に腰掛けたまま、静かに呼吸を繰り返す。世界に渦巻く大きな

『流れ』を意識しながらフルリと己の一部を解きほぐしていけば、流れと同調した己の感覚が部屋を越えて外へ外へと広がっていく。

——ここへ来て三日で、分かったこと。

気力、体力、魔力。

『力』とつく物の中でカレンに一番溢れているのは『魔力』だ。だからカレンは任務の調査にも一番あり余っている魔力を使う。

そんなカレンの調査は独特だ。

いいや、何もしない。

落ち着ける空間を確保し、あとはひたすらに感覚を研ぎ澄ます。己の魔力を周囲の流れに乗せて拡散させ、その流れから得た情報でおおよその事態を把握し、根本を一撃で叩いて制圧する。調査に出歩かなくて済むから敵に気取られることもなく、余計な手間もかからない。カレンにとっては最も効率的な方法だ。

——ハイディーンで人攫いが頻発してるんじゃない。正しくは『ハイディーンを出発した後、行方不明になっている魔法関係者』が頻発してる。

これはルーシェから渡された事前調査結果とカレンが魔力を通して耳を澄ませた結果、両方を照らし合わせた不自然さから導き出したことだ。

ルーシェはカレンに『人攫い』を解決してこいと命じた。現に渡された事前調査の報告書の中には誘拐された思わしき人物のリストが入っている。

だが不自然なことに、カレンがどれだけ耳を澄ましてみても、ハイディーンのどこからも『人攫い』の話題は聞こえてこなかった。ハイディーンの町は、そういった意味ではいつもと変わらず平和なのだ。

――ここが人の出入りの激しい宿場町とかなら、多少の行方不明者は誤魔化すことができる。だけどハイディーンは、そこまで大きな町じゃない。

つまり人攫いにあった人々は皆、傍目にはごく普通に、平和にこの町を出立したということだ。そうでなければ少なからず行方不明者のことが話題になっているはずである。

――それも、行方不明になったのは魔法使いと、魔法道具の運搬者や商人……『魔法』を扱う者ばかり。

リストには人攫いに遭ったと思われる人物達の簡単なプロフィールも添えられていた。

各国を巡る渡りの魔法使い、任地から帰還する途中だった皇宮魔法使い、魔法道具を積んだ馬車を運転していた御者と商人、魔法道具の創り手。他にも数人、この半年で八人程度。いずれもこの町の人間ではない。ハイディーンを経由して北へ抜けようとした者、逆にアルマリエへ入ってきた者、プライベートで観光に訪れていた者。身分も立場も様々だが、いずれも『魔法』に関わる『余所者』ばかりだ。

――それだけ人が消えてるのに、それに関する話題はひとつも聞こえてこなかった。代わりに聞こえてきたのは……

カレンは耳を澄ましている間に、ハイディーンの住人達がとある共通のことがらで悩(なや)んでいることを知った。町の住人達にとって気になるのは、『人攫い』などという大それたことではなく、日常生活に絡(から)んだそちらであるようだった。

――原因不明の、魔法道具の故障。

カレンが魔力を通して聞いたところによると、ハイディーンではここ数ヶ月、原因不明の魔法道具の故障が続いているらしい。

魔法道具、と言っても、魔法使いの実験室にあるような大仰(おおぎょう)な道具ではない。日用品にちょっとした魔法円が刻まれていて、日々の生活がちょっと楽になるような代物(しろもの)ばかりだ。そんな『日常の中の魔法道具』達の調子が、ここ数ヶ月なぜか軒並(のきな)み悪いらしい。

――その魔法道具達を修理して回っている、流れの魔法道具師がいる。片田舎(かたいなか)の小さな町であるハイディーンには、魔法道具を専門に見る職人がいない。だが幸いなことに、魔法道具達の調子が悪くなって一週間後くらいから、この町には魔法道具師が滞在(たいざい)していた。今はその魔法道具師に無理を言って滞在期間を延ばしてもらっているが、その無理もいつまで聞いてもらえるか不安だ、という声を、カレンは町のいたる所から拾った。

――この魔法道具師が、『魔法道具の不調』の仕掛(しか)け人。そしてきっと、人攫いの方にも一枚噛んでる。

ルーシェが解決を命じたこの事件。本質は恐らく『人攫い』だけではなく『魔法関係者の誘拐、および魔法道具の窃盗』というもっと大きな案件だ。アルマリエ皇宮にまで届く深刻な案件が『人攫い』、ハイディーンの住人達にとってより重大な事件が『魔法道具の不調』であったせいでそれぞれ別の事件が起きているように見えているが、この両者は恐らく同じ犯人がひとつの目的のために起こしていることだとカレンは推察している。

というのも、カレンの魔力探査で、町のとある場所から強力で不自然な魔力溜まりが発見されたからだ。その魔力の元が何なのか精査した結果、無機物が内包している魔力と生体から発散される魔力、両方が極端に狭い場所に複数密集していることが分かっている。魔力を内包している無機物とはそのまま魔法道具だと考えるのが自然だし、魔力を発散させる生体で一番身近に存在しているのは魔法使いだ。

――魔法道具が不調になる『何か』を仕掛け、修理を請け負う自分の所に自然と魔法道具が集まるように仕向ける。修理のために預かった品を別の物にすり替えて、本物は自分達の懐にしまい込む。渡した偽物は当座をしのぐためのガラクタ。魔法道具師が町を去ったら、緩やかに動きを止めるような代物。

魔法道具達が一斉に調子を悪くしたならば、それを引き起こしている『何か』が必ずこの町に仕掛けられている。その詳細は魔力探査では分からなかったが、敵のアジトを叩き、犯人一行を捕縛できればその『何か』を解除させることはできるはずだ。

魔力溜まりは、恐らく偽物とすり替えて自分達の懐に入れた魔法道具と、誘拐した魔法使い、その両方を隠しておくために展開された魔法円のようなものの中に過剰に魔力が溜まってしまったことで発生しているのだろう。

ひとまずカレンは現時点でそこまでの推測を立てている。

分からないのはなぜ犯人一行が魔法道具と魔法使い、どちらかに標的を絞らずその両方に手を出しているのかという『動機』と『理由』だった。

——最初は魔法使いの身柄を狙っていたけれど、人よりも物を掏り取る方が楽だから、魔法道具の方に目を付けるようになったとか？　でもそれならば徐々に人攫いの件数は減ってないといけないはず。そんな変化は資料からは感じられなかったし……

それとも新たに仲間に魔法道具師役を演じられる人間が入ったから、より安全で穏便な方針に変えた、という話なのだろうか。あるいは、人攫いは目的の魔法道具を探すための手段であって、目的ではなかった、とか。

目的とする魔法道具を探すために使えそうな人間を攫っているという可能性もあるし、情報を知っていそうな人間を拉致して情報を絞り取るために監禁しているという線もある。

そう考えるならば、ハイディーンの中で人攫いが起きていないのは騒ぎを起こさないためというよりも、標的とした人物が町に滞在している間の行動を観察し、攫うべきか否かの見当をつけているからなのかもしれない。

——魔力の流れから推察するに、人攫いの一味と魔法道具のすり替えを行っている一味は同じ。

そこまで推測したカレンだったが、今度はではなぜ犯人一行がわざわざハイディーンという田舎町でそんな手の込んだことをしているのか、という疑問にぶつかっていた。

もっと人の流れのある繁華な街や高価な魔法道具が置かれた工房都市でやるならまだしも、こんな北方の片田舎でこんなことをしてみたところで手に入る魔法道具などたかが知れているだろう。目的としている物がハイディーンに本当にあるというならば、こんな手の込んだことをしなくても簡単に手に入れられそうなものなのに。都から離れている分、人目に付きにくいという利点はあるかもしれないが、結局はこうしてカレン達が派遣されてきたわけなのだから、その利点だって結局活きてはいない。

——あるいは、明確にここに何か欲しい物や人があるとか、待っていればやってくるという情報までは摑んでいて、それが罠にかかるまで待っている、とか？

今日も感覚を魔力の流れの中で遊ばせながら、カレンは犯人達の行動の真意を考える。

だがどれだけ考えてみたところで、その疑問を突破できそうな推察は生まれてこなかった。

——考えてもこれ以上のことが分からないならば、私にできる調査はここまで。

後はもう本拠地を叩いて制圧した後、犯人の口から直接動機と目的を語ってもらう他ないだろう。

犯人一味のアジトは、カレンが魔力溜まりを感知した場所で間違いない。すでに地図と照らし合わせて実際の場所がどこかも特定できている。制圧に乗り出そうと思えばいつだって動き出せる状況だ。

ただ。

——問題は、魔法道具に不調を引き起こしている『何か』の詳細が特定できていないってことなんだけども……

そこまで考えたカレンは、不意にパチリと目を開いた。

鋭敏になった聴覚に、聞き覚えはあるがあまり聞きたくはなかった音が聞こえる。

眉間にシワが寄るのを感じながら、カレンは廊下へ続くドアへ視線を投げた。

カレンが押さえた宿は、皇宮魔法使い定宿の紋章を掲げた宿屋の二階だった。奥の角部屋で、ドアの前を通る人間はこの部屋に用事がある人間しかいない。食事は下の食堂で食べているし、『公務につき秘匿情報を抱えているため』という理由で部屋には極力近付かないようにとお願いしている。任務を抱えた皇宮魔法使い達に優先して部屋を提供する宿屋はその扱いにも心得があるようで、カレンがここに引きこもってから三日間、この部屋に近付こうとした人間はいなかった。

だというのに今、この部屋に真っ直ぐに向かってくる足音がある。

この宿に入ってから聞いた足音の中で一番重く、それでいて鋭いリズム。気忙しいのに気品を失わないその足運びは、離宮で嫌になるくらい聞いていたものに相違ない。

――……来た。

カレンは視線を動かすと扉と自分が腰掛けた椅子のちょうど中間地点の床に視線を落とす。床にはパッと見ただけではすぐに見つからないように木炭で描き込まれた魔法円があった。床材に使われた木は色目が暗いから、仕込みがそこにあると分かった上で目をこらさなければまず見つかることはないだろう。クォードがド近眼であることは知っている。初手で見破られることはほぼないはずだ。

――どうやって私がここにいるって割り出したのか知らないけども。

どのみちカレンの調査はほぼ終わった。あとは実行に移すのみ。ならばこのタイミングで合流するのも、そこまで悪いことではないはずだ。向こうが何か企んでいないかこのタイミングで確かめることができれば、制圧に乗り出したタイミングで後ろから撃たれる可能性を潰すこともできるだろう。

ここ数日、任務に集中していたおかげで感じなくて済んでいた不快感が再び胸にヒタヒタと溢れ出すのを感じながら、カレンは聞こえてくる音に耳を澄ます。

カレンが引きこもった部屋の前で足を止めた人物は、恭しく扉をノックしておきながら返事も聞かずに無遠慮に扉を押し開いた。元々部屋の扉に鍵はかけていない。万が一彼が押しかけてきた時に下手に籠城戦を挑めば、ドアノブを魔銃で吹っ飛ばされかねないと思っていたから。

――あぁ、その分の請求を上乗せしてやれば、多少は嫌がらせになったかも。

腹いせにそんなことを思った時にはもう、足音の主はカレンの前に姿を現している。

「ご無沙汰しております、お嬢様。お変わりないようで何よりです」

サラリと揺れる漆黒の髪。キラリと光る銀縁のメガネ。ヒラリと揺れる燕尾服の尻尾。冷たく整った顔には慇懃無礼を絵に描いたような真っ白な執事の微笑み。

厭味なことに三日前に別れた時と寸分変わりのない様子で、クォード・自称『執事』・ザラステアはそこにいた。多少苦労した様子でも見えれば溜飲が下がったかもしれないのに、この三日をどう凌いだのかクォードはすこぶる調子がいいようだ。そして心なしか、機嫌もいいように見える。

【この三日間、どこにいたの】

「どこだって良いでしょう。調査はきちんと真面目に行っておりました」

面白くない内心を欠片も顔に出さないように気を付けながら、カレンは腕に抱えていたクッションをクォードの方へ差し出した。ドアを開いたままドア枠に肩を預けるように立って腕を組んだクォードは不敵な笑みを浮かべたままカレンに視線を落とす。心持ちクォードが顎を上げているせいで、いつになく上から見下ろされる視線がカレンには面白くない。

「事件が最速で無事に片付けば、別行動でも問題ない。その合意はお嬢様とわたくしの間で取れていたはずでは？」

【調査結果の報告を】

確かに、合意はした。だが今は何であれクォードの言葉に同意を返す言葉を発したくない。そもそも現状、本当に成果が上がってきたのかも、言葉通り真面目に調査をしていたのかも、……カレンを裏切っていないかということさえ判断できていないというのに、言葉を額面通りに受け取って下手に肯定など返してしまったら馬鹿みたいではないか。

そんなカレンの内心をどこまで理解できているのか、クォードはカレンのつっけんどんな言葉にも余裕の笑みを崩さなかった。

それどころかクッションの文字を見たクォードは獰猛さが潜む笑みを優雅に深める。

「情報提供者を見つけました」

端的に口にしたクォードは、もたれかかっていたドア枠から肩を上げると道を譲るかのようにドアへ体を寄せた。そこでようやくカレンは廊下にもう一人誰かが潜んでいたことを知る。

――足音、クォードの分しか気付けなかった。

恐らくクォードはもう一人分の足音を隠すためにあえて自分の足音をひそめようとしな

かったのだろう。聞き覚えのある足音がすれば、カレンの気がそちらにそれると分かっていたから。

——つくづく、面白くない。

「お陰さまで内部事情はあらかた把握できました。しかし、その情報提供者から情報提供料を求められておりまして」

カレンはゆっくりと椅子から立ち上がるとソロリと体を椅子の後ろへ引いた。その分生まれた距離を詰めるかのように『情報提供者』は無遠慮に部屋の中へ踏み込んでくる。さらにカレンの姿を視界に収めた『情報提供者』は、無言のまま下卑た笑みをその顔に浮かべた。

「貴女様の身柄で埋め合わせをお願いしてもよろしいでしょうか？　調査にかかった経費は貴女様持ちですよね？」

招き入れられた男の後ろで、クォードが慇懃無礼に暴論を振りかざす。

クォードが連れてきた『情報提供者』は、一目見ただけでならず者と分かる風体をしていた。さらにその男が手に大型ナイフまで握り込んでいれば、このゴロツキが最初からカレンの誘拐を目論んでここに踏み込んできたことは馬鹿でも理解できることだろう。

恐らくこの男は、追っている事件を引き起こしている犯人グループに属している人間だ。

——やっぱり裏切ったか、このエセ執事。

つまりクォードは『調査』と銘打って寝返り、この事件を引き起こしている犯人グループにカレンの身柄を売ったのだ。このまま組織と一緒に高飛びしてしまえば、クォードは晴れて自由を得られる。この先二十年以上をアルマリエに縛られることなく、ずっと早く、ずっと楽に、クォードが追い求める『身の自由』を手に入れることができる。

——ほら、やっぱりこうなった。

クォードが己の下に派遣されてきた時から危惧していたことが現実になっても、カレンの内心は冷めたままだった。

——だってこいつは、国家転覆テロを企てたテロリスト。秘密結社『ルーツ』の幹部。魔法魔術犯罪秘密結社『混沌の仲介人』と言えば、国を越えて国際的に危険視されている犯罪組織だ。そこで弱冠二十歳の身で幹部の座を得ていたというのだから、この男には少なからず犯罪者としての才能があるのだろう。その才と経歴を活かせば、悪として返り咲くことは容易であるはずだ。

都から離れた場所でカレンとクォードの二人きり。行方をくらませるにはもってこいのシチュエーションだ。このチャンスをこの男が見過ごすはずはない。

——随分ナメてかかってくれたもので。

公爵家令嬢にして次期国主候補。高位魔法使いとして闇市場で売りさばくにしても、人質として国やミッドシェルジェ公爵家に交渉を持ちかけるにしても、格好の素材であることに違いはない。

もっともそれは、カレンが普通の令嬢で、ミッドシェルジェ公爵家が普通の公爵家であったならば、という話なのだが。

──私を人質にしてみても、伯母様も家族のみんなも『そんなの人質にされたお前が悪いのだから自力でどうにかしてきなさい』って言って交渉に応じてくれないと思うんだけど。

そんな他事を考えながら、カレンはならず者とクォード、両方を視界に置いたままジリッと後ろへ下がる。そんなカレンの仕草を『怯え』と捉えたのか、ならず者は下卑た笑みをさらに厭らしく深めた。この場面でも無言を保っていられる辺りから察するに、この男、人を拉致することに手慣れている。

【そこの押しかけ執事】

だがカレンはイチミリも表情を動かさない。ジリ、ジリ、と後ろへ下がりながら、カレンは開け放した窓へゆっくり体を寄せていく。

カレンの相手は連れてきた男に任せるつもりなのか、クォードは再びドア枠に肩を預けるように立ったまま動こうとしなかった。それでもきちんとカレンの動向に注意は払っているのか、クッションに流れた文字を見たクォードが軽く眉を上げる。

そんなクォードに向けて、カレンは殺意を載せた文字を叩きつけた。

【後でシバく】

「はぁ？」

公爵令嬢らしからぬ物言いにクォードの口から呆けたような声が上がる。その声を合図にしたかのようにならず者の男はグッと足に力を込めた。

だがカレンが伸ばした指先をパチンッと鳴らす方が早い。男がカレンへ飛びかかるよりも早くカレンの指先からは小さく紫雷が飛び、仕込まれていた陣から勢いよく白煙が噴き上がる。

「っ⁉」

「なんだこ……っ、ゲホッ！　ゲホゴホッ‼」

男の目の前に白煙の壁を作り出した魔法円は勢いを止めることなく部屋中に煙を充満させた。その行く末を見届けるよりも早く、カレンは背にした窓に向かって背中から倒れ込むようにして外へ飛び出す。そのままクッションを抱え込むように背中を丸めて縦に半回転するとスタンッとブーツの底が石畳を捉えた。バサリとドレスの後ろ裾が翻る音を聞きながら膝を伸ばせば、自分が飛び降りてきた窓が頭上に見える。

──勢いはいいけど成分はただの水蒸気だから、部屋にも人体にも悪影響はないはず。

宿の二階から表通りに飛び降りたカレンは、何事もなかったかのように己が飛び出してきた窓を見上げた。モクモクと煙がたなびく様を見た通行人達が『何だ？』『火事か？』

とザワついているが、幸いなことに飛び出してきたカレンに注目している人間はいない。

――……いや。

だがカレンはそんな景色の中から自分に向けられている視線に気付いた。見回しても自分に注視している人間は見当たらないのに、確かに今カレンは誰かに見られている。それも、カレンの感覚が確かならば複数人に、だ。

――最初から囲まれてたのか。

どのみち部屋に仕込んであった発煙の魔法円は短時間で効果が切れる。このままここに佇んでいればクォード達から追撃を受けることになるだろう。ひとまずここから逃げて戦いやすい場所で迎え撃つ方がカレンにとっては都合がいい。わざわざ向こうから姿を現してくれたのだ。これを機会に一網打尽にさせてもらおう。

カレンは素早く周囲に視線を走らせると、すぐ目の前にあった細路地に駆け込んだ。背後に耳を澄ましてみると、複数の足音がカレンを追ってくる。

――四人？　いや、五人、かな？

普段は離宮に引きこもっているカレンだが、魔力特性と実家の仕込みのおかげで体力には自信がある。ヒールのあるブーツを履いていても、鬼ごっこならば絶対に負けない。

カレンは追っ手を引き離しすぎないように気をつけながらハイディーンの裏道を駆け抜ける。ハイディーン自体は小さな町だが、傾斜のある土地と建物が身を寄せ合う造りは複雑な裏道を作り出していた。ある程度の地図は頭の中に入っているが、あまり適当に走りすぎると迷子になりそうだ。

しかしそこに思い至るには、少しタイミングが遅かったのかもしれない。

——！

しばらく裏道を縦横無尽に駆けたカレンは、不意に開けた視界に足を止めた。ザッとブーツの踵を鳴らしながら足を止めれば、都よりも澄んだ空の青さがカレンの目を射る。

カレンが迷い込んだのは、建物の背面に囲まれた広場だった。飛び込んできた通路の反対側に小さな階段があって、どうやらそこから他の道へ抜けることができるらしい。

その広場に、まるでカレンを待ち受けていたかのようにガラの悪い男達がたむろしていた。ニヤニヤと厭な笑みを浮かべた男達の姿に踵を返そうとすれば、カレンが飛び込んできた通路からもここまでカレンを追い回してきた男達がなだれ込んでくる。

——もしかして、初手から誘導されてた？

余裕で逃げ回っていたことがどうやら仇になったらしい。この町に来てからずっと引きこもっていたカレンの素性について窃盗団が知る余地はないだろうから、これもクォードの仕込みなのだろう。

——つくづく有能なことで。

「お嬢ちゃんが、この町に滞在してるっていうアルマリエ皇宮魔法使いか？」

カレンが内心だけで悪態をついた瞬間、たむろっていた男達の中から一人が前へ進み出てきた。その男に視線を合わせたカレンは、スッと姿勢を正す。

「栗色の髪のツインテール、ペリドットの瞳、前裾が短めの独特なドレス、腕には常にクッションを抱えてる。……まぁ、アイツの話通りだな」

いかにも荒事に慣れていそうな屈強な男達が並んでいる中、進み出てきた男は集団の中で一番線が細くて小柄だった。均整が取れた筋肉はついているし身のこなしに油断はないが、今この場に詰めた男達が殴り合ったら真っ先に体格差で負けそうな風情がある。

それでもカレンはスッと目をすがめるとさりげなく足の置き方を変えた。

──この男が、頭目だ。

知性のある獣。カレンが受けた第一印象はそれだった。

口元に翻った笑みは、親しげでありながら残虐さが垣間見える。よく観察してみればスキンヘッドの側頭部には控えめにだが蛇の入れ墨が入っていた。表情と身に纏う雰囲気を装えば難なく人混みに紛れ込めそうな見た目をしていながら、この男はこの空間の中で一番表の世界から遠い場所を住み処にしている。

【わざわざお出迎えありがとう】

カレンはあえて自分から言葉を投げた。これもクォードからの情報なのか、男はカレンが声を発さず腕に抱えたクッションに文字を映してコミュニケーションを図ってきても特に驚くことなく楽しそうにカレンに視線を注いでいる。

【でも私達、出迎えをする、されるような関係だった？】

「いんや、そんな関係じゃあねぇさ」

頭目は肩をすくめるとニヤリと笑みを深くした。ゾッと背筋に悪寒が走るような厭らしい笑みだ。

「あんたと俺達は、商品と、それを売る商売人の関係なんだから」

【そんな関係になった覚えもないんだけど】

「今からなるんだよ」

頭目がパチンッと指を鳴らすと前後を挟んだ男達がザッと動いた。頭目を含めて九人になったならず者集団がカレンを取り巻くように散開する。

【この町で魔法道具の不調を起こしていたのも、この町を拠点にして魔法使いを拐っていたのも、あなた達？】

「お。そこまで知ってたのか」

全員の動きを視覚と気配で捉えながらも、カレンは頭目から視線を逸らさなかった。そんなカレンの態度を見たからなのか、あるいはカレンの発言を受けたからなのか、頭目は少し意外そうに片眉を撥ね上げる。

だがそんな驚きの表情は次の瞬間には獣の笑みにかき消された。

「だったら話が早ぇな。事情を説明しなくて済む」

【目的や動機は解析不能だから、できればあなたが語ってくれると嬉しいんだけど】

「ハンッ！　語った所で意味なんざねぇだろ」

頭目はスッと片腕を伸ばすとカレンを真っ直ぐに指さした。同時に、頭目の顔から表情が消える。

「商品がそれを知った所で何になる？」

その言葉が合図だったのだろう。ナイフや鎖を振りかざした男達が一斉にカレンに飛びかかる。

だがカレンが動揺することはなかった。全員の動きを捉えたまま、カレンは腕に抱えたクッションに魔力を巡らせる。カレンから一定量以上の魔力流入を検知したクッションがパチッと小さく放電しながら本来の姿に立ち戻ろうと形を崩す。

その瞬間、合図から遅れて頭目の差し伸べていた腕がヒュッと振り下ろされた。

――っ⁉

一瞬、視界に光が走ったような気がした。同時にカレンの腕の中で形を変えようとしていたクッションからフッと反応が消える。

カレンの意思に反して途中で反応を止めたクッションは、放電も文字も淡紫色の燐光もかき消したままモチモチとカレンの腕の中で沈黙する。

――えっ、何でっ⁉

カレンは反射的に体を縮めながら横へ跳ぶように転がった。数瞬前まで自分の体があった場所を男達の得物が切り裂いていく様を見ながら、全身のバネを使ってさらに後ろへ跳ねて下がる。

――どういうこと⁉　魔力の流れが一切感じられない！

回避行動を取りながら世界に流れる魔力へ手を伸ばそうとしてみても、普段当たり前のように感じられる流れがどこにも見つけられなかった。それどころか自分という器の中に溜まった魔力を外へ放出することもできない。まるで滑らかでどこにも爪を立てられない壁に阻まれて、世界と自分の繋がりを断ち切られてしまったかのようだ。

――何でっ⁉　今までこんなこと、一度も……‼

「魔法なんて使わせるわけねぇだろ？」

予想していなかった事態にカレンが焦燥を募らせる中、不意に頭目の忍び笑うような声が聞こえてきた。反射的に頭目の方へ視線が向きかけたが、カレンに襲い掛かる男達はカレンにそんな暇を許しはしない。

カレンが魔法を使えなくなると男達には分かっていたのか、カレンに追撃をかける男達の動きは止まらない。『商品』と銘打つならば大きなケガを負わせることは避けなければならないはずなのに、男達は一切容赦することなく、カレンを殺す勢いで刃物も鈍器もカレンに向けて振り下ろす。

「ヒューゥ！　案外やるねぇ、お嬢ちゃん！」

――どうなってるのよっ!?

カレンは動揺を抑え込みながらひたすら体の動きだけで男達の攻撃を避け続ける。幸いなことに男達は荒事には慣れていても騎士のように腕が立つわけではなかった。ヒラリ、ヒラリとかわしながら時々足を引っ掛けて転がしてやれば、多少なりとも時間は稼げる。

――それでも、魔法が使えない状況では私に不利なことは変わらない。

いなし続けることはできても、このままではカレン側から決定打を打つことができない。ここで取り逃がしたら再確保は難しいだろう。任務は失敗に終わり、あの押しかけエセ執事も取り逃がすことになる。

――何か手立ては……！

カレンは攻撃をかわしながら周囲に視線を走らせる。

――多分ここに展開されてるのは、魔術だ。

魔法が使えなくなる直前、頭目が腕を振り下ろしたのと同時に走った光が見えた。あれが魔法であったならば、高位魔法使いであるカレンにはその理屈が理解できたはずだ。理解ができれば強大な魔力総量に物を言わせて展開される魔法を力業で壊すことができる。

だが今のカレンは、どれだけ意識を研ぎ澄ましてみてもこの場で展開されている不可思議な現象の理屈を理解することができなかった。『何かが展開されている』ということは分かっても、そこに触れられる術がない。まるで耳にしたことも目にしたこともない未知の言語を目の前にしているかのようだ。

——でも、展開主があの頭目であるということだけは、確かなはず！

魔法は『魔法円』と呼ばれる図形で表され、魔術は『理論式』と呼ばれる数式に近い物で表されるという違いがある。だが永続的に続くような機構が盛り込まれていない限り、使役者が術の行使を止めた瞬間に効力が切れるという部分は同じだ。カレンにそう教えてくれたのは、極東出身で魔術への造詣も深いセダだった。

——『腕を振り下ろす』なんていう簡単な合図で発動できるようにしてあった。永続性のある物はその分仕掛けも複雑だから、あんなに簡単に起動はしない。だからこれは主を失えば止まる類の物であるはず！

カレンは飛びかかってきた男の顔面にクッションを叩きつけると大きく後ろに下がって距離を取った。ブーツのヒールを高らかに鳴らしながら着地し、ドレスの後ろ腰に隠してあった短剣を抜く。

今のカレンに振るえる武器は、この短剣一振りだけだ。魔力を封じられてしまっているカレンは、いつものようにドレスに刻まれた転送魔法円から新たな武器を召喚することもできない。得物持ちのゴロツキ九人を相手にするにはいかにも分が悪すぎる。

だけど。

――私は、ミッドシェルジェ公の娘にして、アルマリエ女皇の姪。

どんな困難だって、今までたった独りで乗り越えてきた。ここで尻尾を巻いて逃げるなんて、己の矜持が許さない。

――独りで大丈夫だって、証明してみせる。

独りなら、裏切られない。独りなら、誰も傷つけない。

独りでいる方が、この先だってずっと安泰なのだと、誰にでも分かるように成果を示してみせる。

――取り巻きを突破して、頭目を落とす。

短剣を構えたカレンは細く深く息を吐く。カレンが纏う雰囲気を変えたことに気付いたのか、ならず者達の間にも微かな緊張が走った。取り巻き達が、初手から立ち位置を変えていない頭目を庇うようにジリジリと陣形を変える中、最奥に佇む頭目の笑みだけが消えない。

ジリッと重心が動き、前へ飛び出すべく膝がわずかに沈む。

だが結局、カレンが溜めた力を爆発させることはなかった。

「ご機嫌麗しゅう、引きこもりのクソお嬢様。ついに捨て身覚悟ですか？」

それよりも早く、頭上から場にそぐわない慇懃無礼な声が降ってきたから。

「おやめになった方がよろしいのでは？　魔法使いサマが慣れないことをするものではありません」

「だっ……誰だっ⁉」

カレンと相対していた男達がバッと頭上を振り仰ぐ。カレンが振り返って顔を撥ね上げるのはそれよりも一瞬早い。

視線の先にあったのは、黒い影だった。

カレンから見て後ろ、男達から見て正面にある教会の鐘楼の鐘の隣に立ったその影は、至極優雅な仕草で両腕を上げると両手に握っていた見慣れない魔銃の引き金を躊躇いもなく引いた。

火薬がはぜる音が連続して響き、硝煙の臭いが空気を染める。

「『共鳴せよ　我は汝に多重の解を望む』」

深い声が、聞き慣れない言葉を紡ぐ。

その瞬間、広場の縁を辿るように光が走り、カレンと世界を隔てていた壁がパリンッと弾けて消えた。

――え？

「なっ⁉」

「さぁ、お嬢様、宴の始まりでございます」

誰もが呆然と立ち尽くす中、広場に展開されていた魔術をいともたやすく打ち破ってみせた影は、躊躇いなく足場を蹴ると宙に身を躍らせた。軽く建物三階分はある高さから飛び降りてきた男は、ダンッと重い音を立てながらカレンの背後に降り立つ。

「準備はよろしゅうございますか？」

影のように黒い燕尾服。両手には硝煙が上がるリボルバー。さらにこんな魔王のような真っ黒な笑みを浮かべる男がそうそういるはずがない。

だがカレンには、現実を理解することができなかった。

──クォー、ド？

だってカレンの下に遣わされた押しかけ執事は、つい先程カレンの身を犯人一味に売り飛ばしたはずなのだ。ここで頭目が展開する魔術を打ち破る意味が……カレンを助けるような行動に出る理由が、今のクォードにはないはずなのに。

「準備ができていないのならば、いつものようにさっさと引きこもってくださりやがりませんかね？」

だがクォードはカレンの戸惑いになど気付いてはくれない。カツ、コツ、と革靴の踵を鳴らしながらカレンとの距離を詰めたクォードは、両手をクロスさせるようにして両肩にかけたホルスターに武装用魔銃を納めた。そのままクォードは流れるような挙措で燕尾服の尻尾に隠すように帯びた後ろ腰のホルスターから通常装備用魔銃を引き抜く。

カレンを一歩追い越した位置でクォードは足を止めた。そのまま両腕を左右に広げるようにして構えたクォードは、凶悪な笑みを浮かべたまま乱闘の宴の始まりを告げる。

「俺が全部片付けて、手柄総取りしてやるからよっ！」

両の魔銃が一斉に火を噴く。躊躇いもなく撃ち出された弾丸は過たず相対していた男達の手から武器を弾き飛ばした。

「てっめぇっ！　情報屋っ！」

「テメェらグルだったのかっ!!」

カレンは思わず両腕で頭を庇うとクォードの足元にしゃがみ込んだ。庇われるような構図は気に入らないが、下手に頭を上げているとクォードの容赦ない掃射に巻き込まれそうだ。癪に障るが背に腹は代えられない。己を軸に縦横無尽に銃を振り回すクォードの攻撃を確実に回避できる安全地帯はクォードの足元だけだ。

「しかもテメェが魔術師だったなんて聞いてねぇぞっ！」

「訊かれてもいないことをペラペラと喋るはずがないでしょう。悪人としての常識ですよ？」

難なく男達を丸腰にしたクォードは男達の足元に銃口を向け、さらに引き金を引き続けた。タップダンスを踊るかのように足をバタつかせた男達は為す術もなくクォードに誘導されるがまま一点へ導かれていく。

「そもそも、こんないかにも怪しい格好の人間が相手だというのに、『流れの情報屋です』なんて言葉を鵜呑みにして裏も取らずに組織に関わらせるなんて、少々おバカさんが過ぎるのでは？」

ジワジワと両腕が作る角度を狭めながらクォードは実に極悪非道な言葉を吐いた。マガジンを交換しなければならない弾数をとうの昔に吐き出しているはずなのに、クォードの両手に握られた魔銃はいまだに鉛玉を吐き出し続けている。

「そんなことでは、悪人失格でございます」

そんな硝煙の煙幕の内で、クォードは声音からの想像を違えない実に『悪人面』で笑っていた。第三者がこの現場を見ていて『悪はどちらか』と問われれば、間違いなくクォードの方を指さすことだろう。

──どういう、こと？

カレンは茫然としたまま、そんなクォードのことを見上げていた。

男達の発言を聞くに、クォードがこの三日間犯人一味と行動を共にしていたのは事実なのだろう。『流れの情報屋』として潜り込み、その過程でカレンの情報を犯人一味に流した。

「つまり、潜入捜査というやつですね」

クォードからはカレンの顔なんて見えないはずなのに……そして仮に見えたとしてもカレンの内心など顔に出ているはずがないのに、クォードはまるでカレンの心の声に答えるかのようなタイミングで口を開いた。連射が止められた銃口からは今も薄く煙がたなびいている。

「情報を得たいならば、内部に潜り込むのが一番手っ取り早い。それらしき輩が集まる場所の心当たりは、まぁそれなりにございますので。相手に目星をつけたら擦り寄って『いい情報がある』だの『今までもそれっぽい仕事をしてきた』だの『手を組みたい』だのとほのめかして誑し込めば、あとは簡単です。こんな田舎のチンケな組織ごとき、楽勝でございました」

――まぁ、一応筋は通ってる、かも。

クォードの発言をしばらく噛み締めて状況を整理したカレンは、魔力が巡り出したことで使えるようになった転送魔法円から新たなクッションを召喚すると己の頭の上に載せた。

【『いい情報』が、私の身柄？】

「こいつらのシノギが違法入手した魔法道具や誘拐した魔法使いを闇市場に売り渡す盗品・人身売買だって話は、初手でおごった酒一杯で聞き出せたので。わたくしが切れる札の中でこいつらにとって一番美味しいネタといったら、貴女様の身柄でしょう」

カレンからクッションに表示された文字は見えていないが、クォードにはきちんと文字が読めているらしい。相変わらず笑みが潜んだ声で答えたクォードは、油断なく魔銃を構えたまま言葉を続ける。

「ま、こいつらに貴女様を狙わせれば、貴女様が自動的に殲滅に動くでしょうし？　合流がてらちょうど良いかと思いまして」

──それ、本当に？

カレンはクッションで表情が隠れているのをいいことに、分かりやすく目をすがめた。

確かに、クォードの主張は筋が通っているようにも思える。きちんと調査に励んでいたのも事実なのかもしれない。

それでもカレンには、クォードが今本当はどちら側に立っているのか判断することができなかった。

──私とこいつらをぶつけて、勝った方につこうとしてるんじゃないの？　もしくは、私がクォードを信じて油断する瞬間を狙ってるとか。

だって、クォードが寝返ったと考えた方が、カレンの中では筋が通るのだ。逆にここでクォードがカレンのために従順に任務をこなす理由が、カレンには理解できない。

「……テメェ」

そんな考えがグルグルと頭の中を回っているせいで、立ち上がって戦う構えを取ることができない。本当はこんなことに悩んでいないで、クォードの裏切りに警戒しつつ、クォードとともに目の前の敵を叩き潰すことに注力するのが最善であると分かっているのに。

そんなことを思った瞬間、笑みが消えた地を這うような低い声が遠くから聞こえてきた。

ハッと顔を上げれば、手下達に庇われるように立った頭目がクォードを睨みつけている。

「話、聞いたことあんぞ。『四丁拳銃を使う魔術師』……あんた、まさか『カルセドアの至宝』か……っ⁉」

――至宝？

思わぬ呼び名にカレンは思わず頭上のクッションをどけてクォードを見上げる。対するクォードは変わることなく、ならず者達を笑みとともに見据えていた。

「ハッ！　随分と古い呼び名を持ち出してくれんじゃねぇの。四丁も銃を使うようになったのは『ルーッ』に入ってからだっつーのによぉ」

その笑みが、執事の皮を放り出した瞬間、グッと深くなる。

あるいは、深くなったのは笑みではなく『嘲り』に似た感情の方だったのか。

「四丁銃の使い手は『混沌の仲介人』幹部のクォード』であって『カルセドアの至宝』じゃねぇんだよ。そこはキッチリ区別して呼んでもらわねぇと、かつての主君に顔向けできねぇんでな」

「っ……、あんたがどこに属してようが関係ねぇだろっ‼」

頭目の声は悲鳴のようだった。まるで自分の信仰を踏みにじられたかのような声で頭目は叫び続ける。

「あんたは間違いなく魔術師の中の魔術師だっ‼　何でそんな俺達の同朋が執事のカッコ

なんかして魔法使いとツルんでやがんだっ⁉　お前の祖国に対する誇りはどこ行ったんだよっ⁉」

「カルセドアは滅んだ。もう十年も前の話だ」

対するクォードの声は、奥底までしんと凪いでいた。

そんなクォードの言葉に、カレンは大きく息を吸い込んだまま呼吸を忘れる。

――カルセドア？　今はもうないカルセドアって……もしかしてあのカルセドア？

かつてアルマリエよりはるか東の地に、カルセドアという国があった。魔術師の国として栄えたカルセドアでは、国を治める王族自身が優れた魔術師であっただけではなく、他国に類を見ない優れた魔術師達が数多王宮に仕え、その技を研鑽していたという。

だがそのカルセドアは跡形もなく滅んだ。

他国の侵略を受けたから、ではない。民が反逆を起こした、というわけでもない。

魔力暴走。

何が起きてそうなったのかは誰にも分からない。だがカルセドアは十年前、王宮を中心にして起こった巨大な魔力暴走により、国ひとつが一夜にして丸ごと消し飛んだ。元々都があった地は今、砂塵が吹き荒れる広大な砂漠と化し、今なお人々を拒み続けているという。近年魔術師達がさらに東へ身を追われたきっかけのひとつが、このカルセドアの崩壊にあるという話だ。

――待って。そのカルセドアで『至宝』って呼ばれていた魔術師って、もしかして歴代最年少で国家魔術師になったっていう、あの有名な魔術師のこと？

カレンが魔術や魔術師について知っていることはほとんどない。カルセドアにしたって知っていることは『十年前に魔力暴走で滅んだ魔術大国』ということだけだ。

だがその地で『至宝』とまで呼ばれた天才魔術師がいた、という話は、何かのついでにチラリと耳にしたことがある。

歴代最年少ということは、きっとまだ年若いことだろう。それでも国の宝と呼ばれるまでの力を振るう彼は一体どんな人物なのだろうかと、自分の置かれた立場と重ね合わせて思いを馳せたことを、カレンはぼんやりと覚えている。

――クォードが、その『カルセドアの至宝』だった？

クォードの正確な年齢をカレンは知らないが、せいぜい二十歳かそこらといったところだろう。今から十年前の時点で本当に国家魔術師としての位を得ていたならば、クォードは年端も行かない少年時代から魔術師として王宮に仕えていたことになる。魔術大国カルセドアで若年にてその地位を得ていたというならば、確かに十分すぎるほどに天才だ。

驚きとともにそこまで考えが至った瞬間、ふとルーシェの言葉が脳裏に蘇った。

『若くて有能、よく見れば中々のイケメン、さらに執事！　お前の相棒としてこれ以上の適任はおらん。おまけにこやつはそこそこ優秀な魔術師でもある』

──私と並び立てる、魔術師。

あの時はまさか、と思っていた。仮にもアルマリエの次期国主候補に推されるカレンと、魔術師の身で並び立てる人間なんて、いるはずがないと思っていた。

だけど今、現にこうしてクォードは、カレンでは撃破できなかった状況を打ち破ってみせている。

──でも、だったらなおさら……

「そうであっても、テメェが世界有数の高位魔術師ってことには変わりはねぇだろうが！その誇りをお前はどこに捨ててきたっ⁉」

魔法使いと魔術師は、似て非なる理屈を追い続ける者。互いの技量に高い誇りを抱いているからこそ、双方は互いを目の敵にしている。

だからこそ、頭目はクォードがカレンに仕えていることに耐えがたい拒絶反応を示しているのだろう。誰もが高名であると認める魔術師が、魔法使いの小娘の傍に、パッと見て『仕えている』と分かる姿で寄り添っているのだから。

──そう、あの頭目は、魔術師だ。今までの発言からも、これは明白。

そこまで思考が至った瞬間、カレンの意識は驚きから目の前の問題へ切り替わっていた。

犯人一味は、魔術を悪用している集団だった。カレンがこの町に仕掛けられた『何か』の正体を探知できなかったのは、展開されていたのが魔法ではなく魔術だったからだろう。

──つまり彼らは、クォードからしてみたら『同朋』だ。

頭目だってさっき『俺達の同朋』とクォードに向かって言っていた。それだけではない。『魔術を悪用する人間』という意味でも、頭目とクォードは同類だ。

魔術師は魔法使いに比べて『魔術師』という括りでの同族意識が強いとも聞く。似たような境遇にある同朋を敵に回してまで、この状況でカレンに仕え続ける理由が、クォードにあるのだろうか。

そもそも、国が滅んだからと言っても、そこまで高名な高位魔術師であったならば、秘密結社幹部に身を堕とさなくても生きていける術はあったはずだ。だというのになぜクォードは『ルーツ』の幹部などをやっていたのか。

──何なの、何が正しいのっ⁉

新たに開示された真実と、この状況に混乱した思考回路が、熱暴走を起こしてショートしそうだった。

だから、嫌だったのだ。

こんな風に自分じゃどうにもならないことを考えて、頭の中をグッチャグチャにされてしまうから。

だから、相棒なんて、いらないのだ。

「さぁて。どこだろうなぁ？」

カレンの混乱をよそに、クォードは顔にも声にも嘲笑(ちょうしょう)を載(の)せて頭目を見据えていた。流れるような仕草で通常装備用魔銃(まじゅう)を腰(こし)に戻(もど)したクォードは、もう一度燕尾服(えんびふく)の下から武装用魔銃(リボルバー)を抜(ぬ)く。

「この広場に展開されていた『反射(リフラ)』と『歪曲(ディザスト)』の理論式は破壊(はかい)させてもらったが……。あんた、まだ何かの理論式潜(ひそ)ませてんだろ？」

魔銃の銃口をふたつとも向けられ、クォードが『カルセドアの至宝(ザラスティーヤ・クアント)』であった事実に混乱しながらも、頭目の口元には歪(いびつ)な笑(え)みが残っていた。確実に追(つ)い詰められているはずなのに、確かにその笑みには余裕(よゆう)が透(す)けて見える。

「上手(うま)い手だよな。『反射(リフラ)』も『歪曲(ディザスト)』もそこまで複雑な理論式じゃねぇ。だがこの場に流れる力を『反射(リフラ)』で反射させ、さらに『歪曲(ディザスト)』で曲げてしまえば、一時的に魔力の流れを変えて魔力的に『無』の空間を作り出すことができる。数値設定さえきちんと計算してやれば『反射(リフラ)』で世界を流れる力との間に壁(かべ)を作ることも可能、だよなぁ？」

だがどちらかと言えば余裕はクォードの方にこそ溢(あふ)れていた。ゆったりと種明かしを口にしながら笑みを浮(う)かべるクォードは、頭目の反応を確かめるかのように頭目に置いた視線を逸(そ)らさない。

「まぁ、単純な理論式を使ってるからこそ、あらかじめ理論式を刻んだ要素の魔弾(まだん)を撃(う)ち込むことによって、展開されている理論式の数値を上書きして壊(こわ)すことも簡単にできたわけなんだが」

「……簡単に言ってくれるねぇ、天才魔術師サンよぉ」

「さて。じゃあお前に余裕を残してる理論式は何なんだろうな？」

探る(さぐ)ように言いながらも、クォードにはおおよその答えがすでに見えているのだろう。白手袋(てぶくろ)に包まれた指が、銃を構えたまま器用に弾倉を回転させる。

『反射(リフラ)』と『歪曲(デイザスト)』はもはや起動できねぇ。似たような理論式を護身用に別で展開してるって可能性もあるだろうが、万が一どちらかを破壊された時に余波の連鎖(れんさ)で壊れてしまわないように保険はかけたいはずだ。あんた個人を守ってる理論式は恐(おそ)らく別の原理を使ってるんだろうよ」

「あんたはそれを何と見たんだ？」

「何だよ、言っちまっていいのか？」

「テメェの発言がブラフじゃねぇと言えるか？　いくら高位魔術師であろうとも、発動されずにただの式として保存されてるものの正体を見破ることなんてできるはずがねぇだろうがよ」

　カレンを放置したまま、カレンが理解できない会話はひたすら続けられていく。クォードもカレンに状況を説明するつもりはないのだろう。カレンの顔を見なくてもカレンの内心を読み切ってみせたクォードが、今明らかに雰囲気(ふんいき)に混乱を滲(にじ)ませているカレンに言葉を向けようとしてこない。

――あぁ、そうだよね。

イライラする。クラクラする。

魔力の流れが自分の手元に戻ってきて、もうカレンはいつも通りに立ち上がって自分の手足で戦えるはずなのに、今の自分がどう立ち振る舞っていいのかが全然分からない。一度無様にしゃがみ込んでしまった体は、もうこのまま何も理解できないままうずくまっていたいと叫んでいる。自分に処理できる以上の『分からなさ』に心がかき乱されて、もう無理だと悲鳴を上げている。

――だってクォードにとって私は、ただ『利用するだけ』の存在だもの。利用できればそれでいいんだから、一々説明の労を執る必要なんてない。

今まで自分の周囲を取り囲んで、勝手に期待して失望して去っていった人間と同じ。

だってクォードは自分から言っていたではないか。カレンのことを利用するだけ、と。

――そうだ。ただそれだけの相手。

だったら自分も、理解する必要などないではないか。今まで必死に理不尽に耐えてきたけれど、もう限界だ。

いらないならばいらないと、切り捨てればいいだけのこと。

分からなくて、不愉快で、イライラして、カレンの思考回路をグチャグチャにして無駄なエネルギーを使わせられるくらいならば。

理屈も存在も何もかも、己の器を満たす力で叩き潰してしまえばいい。

その特権を、カレンは生まれながらに許されているのだから。

そっと、伸ばした手を石畳に這わせる。まだ頭上で問答を繰り広げているクォードと頭目はカレンの動きに気付いていない。

スッと、息を吸い込む。その吐息に共鳴するかのように、ピシッとカレンの指先から淡く紫雷が弾ける。

久方振りに震わせた喉は、自分でも聞き慣れない声を響かせた。

「『咲け』」

『銀鈴を振るような』と、かつて宮廷人に形容された声が、言葉を介して世界を組み替える。

「『雷華』」

命じる声は細い。

だが炸裂した紫雷はたった一言でその場にいた面々の視界を白く焼いた。

「なっ⁉」

淡紫の花が咲き乱れるかのように広場に炸裂した紫雷は、蛇が獲物を捕食するかのように茨を伸ばすと、ならず者達の体に巻き付き激しく痙攣させながら駆け抜けていった。バタバタと人影が倒れ伏していく中、とっさに展開した理論式で身を守ったクォードと、何らかの守りが発動した頭目だけがカレンに驚愕の視線を注ぐ。

「てっ……メェ！　いきなり何しやがんだっ！」

真っ先に非難の声を上げてきたのは傍らにいたクォードだった。己の足で立ってはいるものの突然足元から走った雷撃を完全に凌ぎきることができなかったのか、クォードの燕尾服の裾先や袖口からは微かに焦げ臭い煙が上がっている。

「こんな暴挙に出なくたって、俺が確実かつ穏便に……！」

「うるさい」

ユラリと立ち上がったカレンは、もうクォードを視界に入れなかった。抱えていたクッションを両手のひらで挟み込むように持ち直したカレンは、頭目に向かって歩を進めながらクッションに魔力を注ぐ。

「あんたに合わせてたら、解決する事件も解決しない」

淡々と投げた言葉が、数日前にクォードから投げつけられた言葉への意趣返しだと分かったからなのか。あるいは単純にカレンが初めてクォードに対して己の口を利いたことに驚いたのか。クォードはハッと口を閉じてカレンの後ろ姿を凝視しているようだった。

その視線を感じながらも、カレンはクッションへ魔力を流し込むのをやめなかった。八つ当たりのような爆発的な魔力流入を受けたクッションは、普段は封印されている魔法円を発動させ、燐光になって姿を崩すとゆっくりと姿を変えていく。

——全て打ち砕けば、全部終わる。

光が形作ったのは、カレンの背丈以上の刀身を持ったランスだった。その柄を片手で取って軽く振り抜けば、パッと散った淡紫の燐光の中からスラリとした銀の武具が姿を現す。

「私を煩わせるモノは、さっさと消えて」

クッションを本来の得物の姿に戻したカレンは、右腕一本でランスを肩の上に担ぎ上げた。そのまま歩みを止めることなく、流れるように優雅な足捌きとともに構えを取る。

パシッと、不穏な音とともにランスに紫雷が纏わりつく。奇しくもそれは、銀槍に紫のバラが咲き誇るかのようだった。

その光景を見た頭目が、引き攣った顔で叫ぶ。

「身丈よりデカい銀のランスを携えた雷属性の魔法使い……。まさかあんた『雷帝の御子』かっ!!」

「第一派、構え」

だがもうカレンはその声に答えない。動きを止めることもしない。

「掃射」

カレンの小さな掛け声とともに、ランスは頭目に向かって擲たれた。

砲撃、と評しては生ぬるい。まるで彗星が地を這うかのような一撃。

その瞬間、一瞬、広場の中から音が消える。視界は弾けた紫雷に白く焼かれ、感覚が一瞬消し飛ばされる。

その感覚を蘇らせたのは、建物が倒壊する轟音だった。もはや『音』と表現するよりも『衝撃波』と称した方が良いような代物がカレンの全身を叩く。ランスが擲たれた軌道の石畳は黒く焼け焦げ、倒壊した建物まで一直線の道が刻み込まれていた。当然、広場に立っている人影はカレンの視界の中にはない。

「おい……っ！」

そんなカレンの視界から締め出された先で、クォードが非難の声を上げているのが聞こえた。だがその声に応えることもなく、カレンはスタスタと倒壊した建物に向かって歩を進めていく。

カレンの魔力属性は『雷』だ。そして人間の体は生体電流という微弱な電気信号で動いている。

カレンは『雷』の力を直接攻撃に用いることができる他、生体電流を調整して自身の体に身体強化を施すことも得意としている。どこからどう見ても年頃の可憐な淑女にしか見えないカレンが、屈強な兵士でも持ち上げるのがやっとという重量武器を大砲よろしくぶん投げられるのも、クォードから逃げ回るために離宮中を全力疾走しても平気なのも、全てはこの魔力特性ゆえだ。そこにミッドシェルジェ仕込みの武力も加算されたカレンは、戦闘面において他の追従を許さない強さを誇る。

ついた二つ名が『雷帝の御子』。神の神威を自在に操る荒ぶる魔法使いであると、人々に恐れられたカレンの本性を表す名前。

——さすがにそこまでの情報は向こうに流してなかったのか。

瓦礫の中に突き刺さったランスを右腕一本で引き抜いたカレンは、その場に立ったまま広場を見回した。カレンなりに出力を絞ったおかげか、音と衝撃のわりに被害は広場の中だけに止まっている。ランスを投擲した時に崩してしまった建物が無人であれば、関係者以外の死傷者は出ていないだろう。

——死傷者と言えば……

カレンはランスを片手に携えたまま広場に視線を巡らせた。クォード以外の人の気配は感じないが、耳を澄ませば倒れ伏したならず者達からはうめき声や呼吸音が聞こえてくる。ランスを投擲された頭目も直撃は免れていたのか、広場の端まで吹き飛ばされ、気を失っているだけのようだった。

「お前の意図を察した俺が『透過』の理論式を展開しといたおかげだろうが……！」

思わずホッと肩から力が抜けた瞬間、不愉快な声が響いた。相手の声は今まで聞いてきた以上に低いが、カレンは臆することなく舌打ちとともに振り返る。

「お前、初手の雷撃、俺ごとまとめて殺すつもりだったのか？」

ゆっくりと立ち上がったクォードは、いまだに両手にリボルバーを握っていた。銃口は下を向いているが、クォードの腕前ならば瞬時にカレンの心臓に照準を合わせることができるだろう。

だが今のカレンには、魔法使いを殺せるという魔銃を怖いと思うことができなかった。

「理論式で受けた力の反動で分かった。あんた、俺を気遣うつもりなかっただろ」

「だったら？」

カレンはあえて己の口でクォードに答えた。険を隠さず目をすがめ、傲慢に顎を上げて応じれば、一瞬クォードがたじろいだかのようにグッと喉を鳴らす。

「だったら、何？　元秘密結社幹部の裏切り者を粛清対象に入れて、何か問題でも？」

「潜入調査だっつっただろ。現にあのまま事が進んでりゃ、もっとずっと穏便に事件は解決できたはずだ。俺はあんたに確実な利を提供できた」

それでもクォードはカレンから視線を逸らそうとはしなかった。漆黒の瞳を怒りに燃やし、怒気をはらんだ声で言葉を紡ぎながらも、クォードは淡々と、理論的に説明を組み立てていく。

「確かに俺は秘密結社の幹部だった。今回の俺は、その手管を捜査に利用した。それの何が問題だ？　『事件を最速で解決する』。それが今回の目的だったはずだ」

クォードの言葉には筋が通っていた。冷静に聞けばクォードの言葉にも一理あるということは、カレンも頭の隅で理解している。

それでもなぜか、その言葉にグラグラと腹の底が煮えたぎるような心地がした。多少暴れたおかげで一瞬晴れた鬱屈が、またフツフツとカレンの胸の内で膨らんでいく。

「使用人の適性を読み、的確に使うのも主としての技量のひとつだろ。俺があんたを利用することを読み切った上であんたが俺を利用しなけりゃ、俺の真価は発揮されない。それは互いの損失になるはずだ」

――利用、利用、ここでも利用。

カレンとて、それくらいのことは理解できている。引きこもりと名高くとも、これでも公爵令嬢であり、次期国主候補として幼い頃から宮廷に出入りしてきたのだ。駆け引きくらい息をするようにこなせなければ貴族社会で生きていけないことも、正面切って利害関係を口にしてくるクォードはまだ潔い方だということも分かっている。

分かっては、いるけども。

「俺の前の主は、それくらい平然とやってのけてたぞ。引きこもりのダメダメ令嬢でも、生まれつきそれくらいのことはやってのけるのかと」

クッと、喉の急所を指で押されたかのように息が詰まる。

そのことを自覚した瞬間、カレンはランスを手にしていない左手でクォードの胸倉を掴んで乱暴に引いていた。

「成果が上がってこようとも、信じられない人間を傍になんか置けるものかっ!!」

喉が裂けんばかりの絶叫は、声が裏返って酷く耳障りだった。まるで悲鳴のようだと、カレンは冷静さを残した心の片隅で思う。

「私がどんな道を歩いてきたか知らないくせにっ!!　私がっ！　私が……っ!!」

上手く息ができないせいで、クラリと意識が揺れる。チラチラとノイズがかかる視界にフラッシュバックするのは、もはや顔も思い出せない『誰か達』で。

『魔力は確かに強いけど、あれでは、ねぇ？』

『陛下の姪で、オルフィア殿下とミッドシェルジェ公の実の娘だと聞いていたが……』

『兄や姉の方がよほど社交的で』

『他に候補が産まれれば、きっと……』

『ならばすり寄るだけ無駄ということか』

煌びやかな夜会の陰に隠れた悪意。『次期国主候補』という重石を載せられたカレンは、その悪意から逃げることができなくて。でも、上手にかわすことも、気にしないでいることもできなくて。

——そうだ、だから、私は。

嫌だと言えない代わりに弾けた紫雷は、カレンの『嫌なモノ』を片っ端から弾き、焼き、壊していった。カレンが『雷帝の御子』と呼ばれるきっかけとなったのは、戦場ではなく夜会の席だった。

——だから私は、人の中にはいない方がいいんだ。

だって、独りでいれば、悪意はカレンの下まで届かない。独りでいれば、カレンの悪意は相手まで届かない。

カレンも、カレンの周囲も、誰も何も傷つかず、世界は平和に過ぎ去っていくのだから。

「どれだけ『利』があろうとも、あんたを人間的に信用なんかできない。信用できない人間を傍に置けば、『利』を論ずる前に命を取られる。私が生きてきた『世界』はそういう場所」

無防備に見開かれたクォードの瞳に、怒りに燃えるペリドットの瞳が映り込んでいた。視線だけでクォードを射殺しそうな己の瞳に、カレンの心がまたザワリと波打つ。

「だから私は、あんたなんかいらない」

早く自分の周囲から突き放さなければ、目の前の青年もきっと、壊して消してしまうと思ったから。

「『雷帝の御子』に消し炭にされたくないならば、さっさと私の前から消えなさい」

ドンッとクォードを突き飛ばし、身を翻す。

歩みを進め始めたカレンの髪を揺らす風は、戦場を連想させるきな臭さに満ちていた。

幕間　女皇陛下の密会

日が沈めば行政は止まる。

だが皇宮という場所が完全に眠りに落ちることはない。夜通し仕事を片付けている者もいれば、夜を徹して城を守る者もいる。

ルーシェにとっても、夜というのは決して惰眠を貪るための時間ではない。

国主という存在は多忙で、そうでありながら中々代役を置けない役職だ。そして『ルーシェ』にも代役はいない。

国主にとって夜は人目をはばかる密談や策略に使うべき時間で、『ルーシェ』にとってはプライベートや夫との時間に充てるべき時間だ。最近はそのどちらもが忙しくて、中々に折り合いがつけづらい。そして折り合いがつかない場合、ルーシェは往々にして国主としての任を優先させてしまう。現に今もルーシェは夜も更けた時間帯に、夜着姿で、居室の書き物机の前に座って書類に目を通している。

――『ルーシェ』として、プライベートを充実させたいとは思わぬが……

書類をたぐりながら、ルーシェはひとつ溜め息をこぼした。

な。

——妾の場合『ルーシェ』を疎かにしすぎると、それが原因で国が吹っ飛びかねんからな。

ハイディーン行きを命じた時、ルーシェの『夫を甘やかす仕事は誰にも肩代わりさせられない』といった旨の発言にカレンもクォードも呆れていたようだったが、ルーシェにとってこれはかなり切実な問題なのだ。同時にアルマリエという国にとっても存亡の危機に直結する案件だというのに、その事実を大っぴらにできないのは中々に理不尽だとも思う。

「ルーシェ」

そんなことを胸の内でつらつらと思っていると、不意に穏やかな声に名前を呼ばれた。

「ねぇ、まだ寝ないの？」

顔を上げるよりも、背後から伸びてきた腕に体を抱きしめられる方が早かった。いつの間にか椅子の背もたれの感触は消えていて、生身の人間の柔らかな感触が背中にある。椅子に腰掛けている感触はきちんとあるから、きっと背もたれは背後に立つ人物によって消されてしまったのだろう。恐らく彼とルーシェの間に何か物が挟まることが気に喰わなかったに違いない。

「もう日付越えちゃったよ？　ルーシェは明日も仕事に行っちゃうんでしょう？　もう寝なきゃ体を壊しちゃうよ」

後できちんと直してもらわなければ、と考えるルーシェの肩口をピンピンと撥ねる焦げ茶の髪が滑り落ちる。甘えるようにルーシェの肩口に顔を埋めた人物がスリスリと頭を動かすせいで、自由奔放に跳ね回る髪もサラサラとルーシェの夜着の上を滑っていた。それが少しこそばゆくてルーシェはわずかに身じろぐ。

「やっと日付が変わる前に部屋に帰ってきてくれるようになったのに、結局ルーシェは部屋でも仕事、仕事、仕事で全然休まないし、僕を構ってもくれない……」

そんなルーシェの動きを『抵抗』と捉えたのか、ルーシェの夫はルーシェに回した腕に力を込めると心底面白くないといった口調でモソモソと言葉を続けた。

「僕、ルーシェとの約束を守って、ちゃんと大人しくしてるのに。楽しみにしていたハイディーンでの魔法実験のサンプル採取も、行くのちゃんと取りやめたのに」

「セダ」

「ねぇ、それ、カレン様からの報告書なんでしょ？　そんな物にルーシェの睡眠時間が削られるくらいなら、やっぱり僕が全部片付けるべきだったんだ」

甘えるような口調の中にわずかに黒い感情が滲む。

それを感じ取ったルーシェは、抱きしめられた腕から片腕を抜くとポンッと相手の頭の上に載せた。そのままよしよしと撫でてやれば、背後の人物がわずかに纏う空気を緩める。

その変化を確かめながら、ルーシェはそっと唇を開いた。

「サンプル採取ついでに、ハイディーンごと全てを吹き飛ばすつもりだったかえ？」

「だって、大陸ごと『ルーツ』を消し飛ばしたら、ルーシェは悲しむでしょう？」

「ハイディーンが消えても、妾は悲しくなるがな」

「……僕ならルーシェが望む形で、ちゃんと瞬殺してこれるもん」

ルーシェが望むから、皇宮で大人しくしているのに。ルーシェが望めば、ルーシェの手を煩わせる全てを僕が解決してくるのに。

それなのにルーシェはあの男が現れてから『ルーツ』のことにばかり関心が行っていて、全然僕を使ってくれないし、構ってもくれない。

ボソボソと拗ねた口調で続けられた言葉にルーシェは重く溜め息をこぼす。それに不満を表すかのように、ルーシェを拘束する腕の力がさらにギュッと強まった。

——心底本気で、それだけの動機で世界を軽々吹き飛ばせるから厄介じゃな。

「セダ？」

魔法使いは基本的に自分本位で、ワガママで、自分の興味対象しか眼中に置かない。高位の魔法使いほどその傾向が強く、ルーシェの夫も例に漏れず典型的でずば抜けた『魔法使いらしい性格』をしていた。

そして彼の場合、魔法使いとして見ても魔術師として見ても、他に類を見ないレベルで……それこそ世界に数人、いるかいないかのレベルで強大な存在であるから性質が悪い。

興味対象を手中に収めるためならば世界を吹き飛ばそうという思考回路を持っている人物

が、実際にそれを軽々と成し得るだけの実力を備えているということなのだから。

――その実力を周囲に隠し通すために妾がそこそこに心を砕いているということを、これは分かってくれておるのかのぉ？

「妾は顔を見て、セダと話がしたいのじゃがのぉ？」

そしてそんな彼の興味関心は、三十数年前にルーシェに出会った瞬間から、ひたすらルーシェに注がれ続けている。ルーシェが国主の任にばかりかまけて『ルーシェ』を疎かにすると国が吹っ飛びかねないのはそのためだ。

何せこの御仁は、ルーシェの伴侶に収まるためだけに、世界最難関とも言われるアルマリエ皇宮第一位魔法使いの位階をもぎ取ってきた人間だ。アルマリエという国にルーシェを取られるくらいならば、セダは迷わずアルマリエを滅ぼす道を選ぶだろう。

「……腕を離したら、逃げたりしない？」

「しない。心配なら、手を繋いでいようか」

「……ううん。ルーシェは僕に、嘘はつかないもの」

柔らかな言葉で説得を試みると、セダは案外あっさりと引き下がってくれた。スルリと腕が解けて、ルーシェを拘束する力が消える。

ルーシェはそのまま背もたれが消えてしまった椅子の上でクルリと身を翻すと、先程まで向き合っていた机を背もたれにするように座り直した。背後に立っていたセダと向き直ったことで、焦げ茶に銀を散らした瞳を見上げることができるようになる。

「セダ？　寂しい思いをさせてしまっておることは、申し訳ないと思っておるのだえ？」

「……うん」

「じゃがアルマリエの国主として『ルーツ』の存在を野放しにしておくわけにはいかぬ。『ルーツ』がこちらにさらなるちょっかいを出そうとしている予兆があるならば、なおさらじゃ」

「だから、僕が綺麗サッパリ根絶させてくるって言ってるのに」

「セダ？」

『それを命じるわけにはいかんということを、お前も分かっておるであろう？』という内心を込めて柔らかく名前を呼べば、セダはむぅっと頬を膨らませてプイッとルーシェから顔を背けた。

セダはルーシェより数歳年下という外見をしているから、そういう表情をしていると余計に幼く見える。普段は過ごしてきた時の長さを思わせる達観した雰囲気を漂わせているくせに、ルーシェを相手に駄々をこねる時だけは少年じみた気配が消えない。結婚して三十年が過ぎて、その傾向はさらに強まったような気がする。

そんなセダに苦笑をこぼしながらも、ルーシェの心はカレンからの報告書に向いていた。

わざわざルーシェの私室にある魔法円に直送されてきた姪直筆の報告書は、事件の顚末と解決を報告すると同時に『相方断固拒否。即刻引き取り願う』という旨がかなり率直な言葉遣いで書き綴られていた。どうやら『相棒のいる現場』を試してみた感想は『最悪』という一言で終わったらしい。

——しかし、ひとまずは解決してきた、か……

ルーシェがカレンとクォードをわざわざハイディーンまで送り込んだのは、もちろん二人に言った通り『カレンとクォードを組ませたかった』というのが主な理由だ。

だがこれ以外に理由がなかったかと問われれば、否と言わざるを得ない。

「ルーシェ、なんでそんなに『ルーッ』に構うの？　いつもみたいにバーゼルさんやファーガスさんに投げておけばいいじゃない」

ルーシェの気が自分から逸れていることに目敏く気付いたのだろう。頰を膨らませたままルーシェの方へ顔を戻したセダは、ルーシェの腹心である宰相と侍従の名前を挙げながら唇を尖らせる。

「そんなにあの執事が気に入ったの？」

「まさか」

「じゃあ何でまだそんなのに構ってるの？」

セダのむくれた顔は一向に直る気配がない。心底本気でルーシェがセダ以外のことに気を向けているのが面白くないようだ。

——これはマズい……

ルーシェはセダを見上げたまま、少しだけ眉尻を下げる。

ルーシェが『ルーツ』の一件に時間を割き始めたのは、クォードが皇宮に潜入し、捕縛されてからだ。

己は『ルーツ』の幹部であると真っ先に口にしたクォードだったが、それ以上のことをクォードは決して口にしなかった。尋問と拷問の末にクォードが吐いたのは『目的は国家転覆テロ』『作戦立案は別の人間がしていたから、それ以上のことも、作戦の詳細も知らない。詳しいことはアルマリエ皇宮内で指揮官役と合流してから伝えられる手筈だった』ということだけだった。

恐らくクォードは、今回の件に関しては本当にそれ以上のことを知らないのだろう。あえて自分から『ルーツ』の幹部であると吐いたのは、それを知ればこちらが情報ほしさに司法取引を持ちかけると読んでいたからだ。どれだけ厳しく詰められても『ルーツ』の情報を吐かなかったのも、恐らく取引のための手札を多く残しておきたかったからだろうとルーシェは踏んでいる。徹頭徹尾、己の『利』を追い求めるクォードは、己の立場と握っている情報に延命のチャンスをかけたのだ。

——ある程度自由にしておけばそのうち合流予定だった仲間が接触してくるかと思うておったが、その気配もない。本人も完全に『ルーツ』へ戻る道は諦めたようにも見える。

だが……

クォードの動きは離宮の使用人達にも見張らせているし、報告はメイド長のフォルカから逐一上がるようになっている。カレンとルーシェによって選抜された使用人達は、万が一の時に備えて全員戦闘の心得がある者ばかりだ。特にメイド長であるフォルカは、元々はカレンの母であるオルフィアに護衛メイドとして仕えていた経歴がある。戦う心得はあっても戦闘が本領ではないクォードは気付いていないだろうが、クォードの行動は一から十までルーシェには筒抜けなのだ。

だがそれだけ警戒しているというのに、クォードに『ルーツ』から接触があった気配はない。少し監視の目を緩めればどうかとハイディーンへ出してみたが、事件そのものはきちんと解決されたという。ルーシェが観察している限り、クォードからは『ルーツ』に戻ろうという意思は感じられない。

ならばもはや『ルーツ』による危機は去ったとも取れるが、そう楽観もできないというのがルーシェの見解だ。

――『鼠』が起こす事件が増えた。

『混沌の仲介人』と言えば、前々から『大きな魔法・魔術犯罪の裏には必ずその影がある』と言われ、国際的に存在が危険視されてきた犯罪秘密結社だ。アルマリエ国内でも、以前からその気配を感じさせる事件は度々起きている。

その鼠どもが事件を起こす頻度が、クォードが捕らえられる前後から増えている。ハイディーンでの一件も『ルーツ』の関与が疑われていた案件だった。

――やつらの鼻先で餌を振ってみたつもりだったのだが、さて。

カレンに釣り合う相棒を見つけてやりたい。これは紛うことなき本心だ。

あのまま独りでいさせては、いずれカレンは強大な力を持て余した化け物と化してしまう。そうなる前に、カレンを引き留めてくれるストッパー役は絶対に必要だ。カレンが国主を継ごうが継がなかろうが、ルーシェは己が天命を迎える前に何とかカレンの傍に立つにふさわしい人間が見つかることを願っている。

同時に、二人をハイディーンへ送り込んだのは『ルーツ』の尻尾を掴むためという目的もあった。『ルーツ』の気配が色濃い場所にクォードという格好の餌を放り込んだ時、アルマリエに忍び込んだ『鼠』どもがどう動くか反応が見たかった。

――釣れるか、釣れないか。

「ねぇルーシェ。ルーシェが『お願い』してくれれば、ルーシェを困らせてる全てを僕が消してあげる」

ルーシェが自分を見上げていながら、内心では他事を考えているとセダには分かっているのだろう。

不意に焦げ茶の瞳の奥で銀の燐光が妖しく躍った。ルーシェに真っ直ぐ向けられた瞳は、

トロリと甘くとろけている。

そうでありながら、セダが纏う空気はどこかヒヤリと冷えていた。

「僕は、ルーシェに使われたい。ルーシェに縛られたい」

それが『独占欲』と呼ばれるものだと、ルーシェはすでに知っている。

悠久の時を生きてきたはずである賢者が、たったひとつに囚われて執着して、己の全てを注ぐ先。それが『ルーシェ』だ。

セダの世界には、ルーシェしかいない。セダは、ルーシェが自分の隣で笑っていてくれるなら、喜んで世界を壊す道を選ぶ。世界がセダからルーシェを取り上げても、世界を壊す。比喩ではなく実際にそれを実行できるだけの力と執着が、セダにはある。

「だからお願い、ルーシェ。僕以外にそんなに構わないで」

苦しく、切なく訴えながら、セダはルーシェの手を取った。

スルリとルーシェの手に頬を擦り寄せるセダは、どこからどう見ても愛を請う青年であるのに。

「そうでなきゃ僕、うっかり世界を壊しちゃうよ」

口にしている言葉は、神のごとく傲慢だった。

——その傲慢が、決して傲慢ではないから、性質が悪いと。

ルーシェはスルリと腕を滑らせるとセダの頭を抱きしめた。されるがままになったセダは再びルーシェの肩口に顔を埋める。

「それは妾も同じだよ、セダ」

呆れながら、危惧しながら、それでもその言葉に甘く胸が震える自分がいることを、ルーシェは自覚している。所詮は同じ穴のムジナでありながら、少しだけ負うものが多くて、少しだけ力が弱い自分は、そんな振る舞いができないというだけで。

「……調査を進めていて、ひとつの可能性が浮上した。あれらが最近、ハイディーンを始めとした各地で『人身売買』と『魔法道具の窃盗』に積極的に加担しておる理由じゃが」

「なぁに？」

「どうやらお目当ての魔法具が、このアルマリエにあるらしい」

だからこそ、ルーシェは己の庭で『ルーツ』の気配が漂うことが許せない。国主としての責務からというよりも、ルーシェ個人として『ルーツ』が己の膝下にのさばっているという状況に我慢ができない。だから自分の時間を削り、可愛い姪まで巻き込んで、対『ルーツ』戦に身を投じている。

「『魔法道具』じゃなくて『魔法具』？　へぇ、そうなんだ？」

ルーシェに抱きしめられたせいか、セダの機嫌は少しだけ復活したようだった。どこか他人事な声の響きにルーシェは小さく嘆息する。

――本当に、妾が心を砕いていることを、どこまで理解してくれているのやら。

「もうしばしの辛抱じゃ、セダ。もう直終わる」

言葉で柔らかくセダを諭しながらも、己の目がスッと険を帯びたのが分かった。その瞳に宿る険がセダが垣間見せた独占欲と同じものから来る感情だということを、ルーシェはきちんと自覚している。

「あんな羽虫、お前の力を借りずとも、妾が叩き落としてやるでな」

そのドロリとした感情を自覚という檻と国主としての理性で心の奥へ沈め、ルーシェはセダにだけ聞かせる甘い声音とともにセダを抱きしめる腕に力を込めた。

極東の言葉に『時薬』という言葉があるらしい。

辛いことがあっても、時が流れるにしたがってゆっくりと感情のしこりは溶けて、穏やかに過去を振り返ることができるようになるということを言った言葉だとか、何とか。

「で、その時薬は効いたかの？」

【さすがに一週間では効かないんじゃないですかね？】

ルーシェから向けられた言葉に、カレンはバッサリと答えた。

場所は前回顔を合わせた時と変わらずルーシェの居室だ。だが前回ここを訪れた時に随伴していた押しかけ執事の姿はどこにもない。カレンもルーシェも本日は間に置かれた大きなポットからそれぞれのティーカップに自分の手で紅茶を注いでいる。中々見かけない大きさのポットにあらかじめ作り置きしたアイスティーが波々と用意されていたのは、人払いした上に執事がいないお茶会を快適に過ごすための工夫なのだろう。

——私がクォードを連れてこないって、伯母様には分かっていたんだ。

カレンがハイディーンから引き上げてきて今日で一週間になる。その間、カレンは一度もクォードと口を利いていない。

『消し炭にされたくないならば、さっさと私の前から消えなさい』と言い放った言葉が効いているのか、あるいはカレンに雷撃を喰らわされたことで命の危機を感じたのか、離宮の中にクォードの気配は感じるものの、直接的な接触は途絶えていた。フォルカによれば、カレンと個人的な接触はなくなっても離宮の使用人を差配する上級使用人としての執事役はきっちりこなしているらしい。職務怠慢であったならばそれを理由にクビにしてやったのにとカレンは苦々しく思うばかりだ。

【伯母様、改めて申し上げます。あの押しかけ執事を引き取ってください】

十分美味しいはずなのになぜか美味しいと感じられないアイスティーを勢いよく飲み干してから、カレンは文字を映した魔動クッションをズイッとルーシェの方へ差し出した。

【次期国主候補に相棒や仲間が必須だと仰るならば、私はこの場で名義だけの国主候補からも降ります】

「やれ、困ったのぉ」

対するルーシェは静かにティーカップを机に戻すとカレンに視線を置く。眉尻が下がった顔でカレンを気遣わしげに見やるルーシェは、珍しいことに心底本当に困った顔をしていた。

「どういう人間ならばお前の隣に在れるのか、とんと見当もつかなくなった」

【不要だと言っています】

「カレン。ヒトはな、どうあがいても独りでは生きていけぬ。特に妾達のように、簡単に世界を壊してしまえる存在はな」

ルーシェは両肘をテーブルに載せると組んだ手の上に顎を載せた。行儀が悪いその仕草は、ルーシェが『国主』ではなく『ルーシェ』である時にしか見せない仕草であると、カレンは知っている。

「カレン、お前、ハイディーンでランスを抜いたそうじゃな。建物一棟と広場をひとつ破壊したと」

その言葉にカレンは思わずルーシェから視線を逸らした。

任務にあたる際、やむを得ない戦闘で発生したやむを得ない損害は国が責任を持って賠償することになっている。皇宮魔法使いに命を発するのは国主であるのだから、その命令元が責任を取るという形だ。

今回、カレンが破壊した建物と広場も、犯人一味を捕縛するためのやむを得ない戦闘として処理された。そもそもカレンは魔力特性上、荒事を伴う現場へ出れば少なくない損害を生む。カレンが派遣される現場は、それを理解した上でそれでも強大な力が必要であると判断された案件か、あるいは『公爵令嬢にして次期国主候補』という肩書きが威力を発揮される案件であるかの二択だ。今回の件が異例であったというだけで。

――き、気まずい……

そういった事情があるから、任務中の損害はなるべくならば少ない方がいい。そして今回に限っては損害を出さずに乗り切る方法が他にもあったという自覚がある分、その話を出されるとカレンはどんな顔をすればいいのか分からなくなる。

「お前、途中から『何もかもを力業で砕いてしまえば手っ取り早く終わる』と考えたであろう？」

だがルーシェが話題にしたいのはその部分ではなかったらしい。想像していたものとは違った言葉を投げられたカレンは、気まずさを抱えたままそっとルーシェに視線を戻す。

「その考え方はな、長ずればいずれ『目の前で起きている事象が煩わしいから世界ごと壊してしまおう』という選択へ繋がりかねない危険なものなのだよ。並の魔法使いならば考えついた所で実行はできぬが、妾やお前は残念なことにそれができてしまうからな」

ルーシェの魔力属性は『混沌』だ。物体を形作っている概念そのものに働きかけ、物体を存在ごと解体・再生成できる力だという。簡単に言ってしまうと、ルーシェはあらゆるモノを純粋な魔力へ分解し、その力の中から自分が好きなようにあらゆるモノを作り出すことが可能であるらしい。ルーシェにあらゆる物理・魔法攻撃が効かないのは、ルーシェが帯びている魔力そのものがあらゆるモノを無に帰すという力を帯びているせいだ。

無から有を作り出し、有を無に帰すその力は、魔力属性の中でも最も始原の力に近い。

ヒトの身に宿すには強すぎる属性でもあるそうで、『混沌』の魔力を宿し、さらに制御できる人間は稀だという話だ。ルーシェほど強大な『混沌』の力を持ち正気を保っていられる人間など、もはや存在していること自体が奇跡であるという。

だからこそルーシェは一時期、強すぎるがゆえに国主にはふさわしくないとまで言われていたそうだ。

己の一念だけで国も世界も消し飛ばして再生成できてしまう脅威を、国を守る立場になど就けるものではない、と。

「カレン。妾達のような人間にはな、極限まで追い詰められて、一瞬でも『全部壊して楽になりたい』という思いに駆られた時にな、『それは間違っている』と妾達を殴ってでも止めてくれる存在が、必ず必要なのじゃよ」

かつてそこまで言われた大魔法使いは、穏やかな瞳でカレンにそう語った。相変わらずルーシェの眉尻は『困ったな』というように垂れ下がっているが、穏やかに言葉を紡ぐ口元には柔らかな笑みが浮いている。

「あるいは彼らの拳が届かなくても、悪魔が囁く反対側から『この世界には大切な存在があるだろう。壊してはいけない』と囁き返してくれる土壇場の天使を用意するか、じゃ」

【伯母様にとって、それは伯父様なのですか？】

「セダか？　セダはどちらかと言えば『じゃあ僕もお手伝いするね』と言って、妾よりも率先して世界を壊して回るタイプじゃから、どちらかと言えば悪魔側じゃが」

穏やかな声音と表情のままとんでもないことをサラリと言ってのけたルーシェは、カレンから目を逸らさないまま噛んで含めるように言葉を続ける。

「カレン。その『土壇場の天使』はな、人と人との間で育んだ柔らかい心の中にしか生まれぬ存在なのじゃ。人というものは、独りで居続けると心が硬くなってしまう。硬い心からは『土壇場の天使』は決して生まれぬ」

ルーシェの漆黒の瞳には、一言では言い表せない深い深い感情があった。慈雨のように降り注いでは心に染み込んでいく言葉からは、ルーシェ自身もカレンと同じ孤独を経験してきたのだということが分かる。

その言葉と眼差しに、気まずさの下から他の感情が顔を出したような気がした。

――そういえば伯母様って、お祖父様に似てるって話だっけ。

ルーシェと、先代国主にあたるルーシェの母が不仲であったことは有名な話だ。『歴代最弱』と呼ばれた先代は魔法の才に溢れたルーシェを妬み、疎んじたという。ルーシェとカレンの孤独の形は違っているが、強大な力を持って生まれたからこそ背負った孤独という部分は共通しているのかもしれない。

「妾は腹心の臣下と伴侶に恵まれた。妾の柔らかな心を作ってくれたのは彼らじゃ。独りであったならば、妾はとうの昔に全てが嫌になって世界を混沌の海に還しておったであろうよ」

カレンと同じ境遇を経ながらも人の中を生きている先達は、カレン以外には見せないだろう顔で笑っていた。切なさとも、悲しみとも違う微笑みを見せたルーシェは、フッと力を抜くと体を投げ出すように椅子の背もたれへもたれかかる。

「柔いだけでは潰される。硬いだけでは潰してしまう」

何とも難儀なことじゃなぁ、とルーシェは溜め息とともに呟いた。やけに実感がこもった言葉からは、ルーシェ自身が何年もこの言葉に向き合ってきたのであろう時間の重みが感じられる。

「お前に安寧な道を用意してやれぬことを、申し訳なく思う。じゃがこれは、どの道を進んでも、一度じっくりと考えねばならぬことだよ」

だから、逃げてくれるなよ。

瞼を下ろしてそう囁くルーシェは、『国主』ではなく『伯母』の顔をしていた。

——柔らかな心、か……。

結局あの発言の後、ポツポツと当たり障りのない雑談をかわしてお茶会はお開きになった。行きは単身で離宮にある転送魔法円を使って皇宮まで飛んだカレンだが、帰路はルーシェから借りた馬車に揺られている。本当は帰路も魔法円で飛ぶつもりだったのだが、公務で使う人間が多くて混み合っており、個人的な用件の人間まで順番が回ってくるのはかなり後になるという話だった。もしかしたらカレンに考える時間を与えたかったルーシェが話をでっちあげただけだったのかもしれないが、カレンは大人しく馬車に乗る道を選んだ。

——そういえば前に皇宮に行った時は、クォードが御者もやってくれたな。

『こいつ御者の真似事までできるのか』とイラッとしたからよく覚えている。そんなクォードは今も離宮で仕事に励んでいるはずだ。ルーシェからの手紙を受け取ってすぐ、誰にも知らせることなく魔法円で皇宮まで飛んだから、クォードはカレンが外出していることからして気付いていないだろう。

そこまで考えてから、カレンはバフッと背もたれに体を投げ出した。ギュッと腕の中にあるクッションを抱きしめれば、柔らかな弾力が返ってくる。

——柔いだけでは潰される。硬いだけでは潰してしまう。

言われている意味は、何となく分かる。

かつてのカレンは、柔らかすぎて周囲に潰されかけた。今のカレンは硬すぎるから、うっかりしていると周囲を潰してしまう。

——だけどもう、どうやったら人を信じることができるかなんて、忘れちゃった。

カレンはゆっくりと目を閉じると、昔の記憶に思いを馳せた。

カレンが次期国主候補に指名されたのは、カレンが五歳の時だった。それから社交シーズンで両親が都に出てくるのに合わせてカレンも皇宮に上がり、次期国主候補としての教育を受けたり、ルーシェや両親とともに社交の場に出たりしていた。

教育に関しては特に問題はなかったと思う。頭を使うことも体を使うことも得意だったカレンは、詰め込まれる教養も、ダンスや行儀作法もスルスルと身に付けることができた。

カレンにとっての問題は、社交だった。

姉と兄の下に末姫として生まれたカレンは、元から前へ出ることが得意な性格ではなかった。さらに生まれ故郷であるスリエラは、北の国境を守る街で、道を歩けば騎士も傭兵もゴロゴロいるような場所だ。そんな街に生きる人々は皆気さくでざっくばらん、食べるのも喋るのも豪放磊落で裏表がない。カレンが多少喋り下手でもスリエラの人々は大らかに受け止めてくれたし、家族も使用人も街の人も、心根が真っ直ぐで心地よい人達ばかりだった。

だが皇宮に集う人々は違う。巧みなお喋りで場を盛り上げ、言葉の裏を読んで表情も取り繕って、全てを計算した上で立ち振る舞わなければすぐに食い物にされる。

幼い身の上で歴代最強女皇の後継に指名されたカレンなど、格好の餌食だった。

誰もがカレンに擦り寄り、甘い蜜を吸おうとした。裏表が読み切れなかったカレンは、向けられる言葉ひとつひとつにどう答えたらいいのかも分からなかった。ある程度まではルーシェや両親が助けてくれたが、保護者がいつもベッタリ貼り付いていてくれるわけではない。独りになった隙を周囲は見逃してはくれなかったし、カレンは段々社交の場が怖くなっていった。

だって、笑顔でカレンに擦り寄ってくる人々がその場を離れた後にヒソヒソと何を言っているのか、生体電流を操れるせいで五感に優れているカレンは聞き取れてしまっていたから。

『魔力は確かに強いけど、あれでは、ねぇ？』

『陛下の姪で、オルフィア殿下とミッドシェルジェ公の実の娘だと聞いていたが……』

『兄や姉の方がよほど社交的で』

『他に候補が産まれれば、きっと……』

慣れない場所。読み切れない悪意。逃げられない状況。苦手な人混み。

カレンの心身が悲鳴を上げるには十分だった。

十歳の社交シーズン初めの舞踏会で、精神的なストレスから体調を崩したカレンはついに魔力を暴走させてしまった。皇宮で行われた、女皇主催の大規模な夜会だ。すぐに駆けつけてくれたルーシェによって場は収められたから皇宮ごと会場が吹き飛ぶということにはならなかったが、カレンの周囲にいた人間達には少なからず被害が出たらしい。幸い死者は出なかったそうだが、カレンの魔力暴走の凄まじさを目の当たりにした人々はカレンのことを『雷帝の御子』と呼んで恐れるようになった。

カレンが周囲から人を遠ざけるようになったのは、それからだ。

自分の魔力は、人を傷付ける。だから周囲に人を置かない方がいい。その方が安全でい い。そうやって人を遠ざけていれば、裏表のある言葉を聞くことも、貼り付けられた笑顔の裏を想像する必要もない。カレンも周囲も、心安らかな日々を送れる。

その夏から、カレンは社交のシーズンもスリエラで過ごすようになった。両親も周囲も、そんなカレンを咎めることはなかった。ただどれだけ頼んでもカレンから『次期国主候補』という肩書きが外れることだけはなかった。

成長するにつれてますます強くなっていく魔力が怖くなったカレンは、さらに城の自室に閉じこもるようになった。人との交流を避けるように口を閉ざし、最後には喋らなくてもいいようにわざわざ自分の口の代わりを果たす魔法道具まで自力で作り上げた。

自分の魔力暴走のきっかけとなった『言葉』が、カレンにはとにかく怖い存在になっていた。

そんな振る舞いは、領地に引きこもっていても誰かの口を伝って世間に広まってしまうものだ。かつてその声の美しさから『銀鈴姫』と呼ばれていたカレンは、いつの間にか社交界で『無言姫』と呼ばれ、笑い者にされていた。

──それでも、私は……

そんなカレンを都に再び招いてくれたのが、ルーシェだった。

『カレン、魔法の研究を職とはせぬか？』

ルーシェがわざわざ転送魔法円を使って御自らスリエラまでやってきたのは、カレンが魔力暴走を引き起こした三年後のことだった。

『引きこもっておっても、お前の魔力が消えることはない。その力との付き合い方を学んでいかねば、お前はさらに狭い箱の中で窮屈な思いをすることになる。やがてはその箱ごと、お前自身を壊すことになるだろう』

直接対面するのは危ない、と対面を渋ったカレンに対し、ルーシェはカラカラと気持ちよく笑うと『今のお前が全力を振るっても、妾にはかすり傷ひとつ付けられぬさ』と実に気楽にカレンの部屋へ踏み込んできた。カレンは今でも覚えている。ティーセットとともに登場したルーシェが手ずから淹れてくれたお茶の美味しさを、カレンは今でも覚えている。

『お前が心に傷を負うきっかけを作ってしまった妾が何を言うのかとも思うかもしれぬ。じゃがな、カレン。妾はお前の魔法は人々の役に立てられるものじゃと思うておるよ』

そのクッションも、そうであろう？　口が利けぬ者も、耳が聞こえぬ者も、多少の魔力があればそのクッションで会話をすることができる。お前が作り出した物は、そういう使い方もできるのだよ。

『皇宮魔法使いの試験を受けぬか』

カレンのクッションを指先でつつきながら、ルーシェはそう口にした。

実力を示し、相応の位階を得れば、魔法研究を職にすることができる。いくつかの義務や、定期的な研究成果の発表など煩わしいこともあるが、皇宮魔法使いとしての地位を得られれば貴族社会の外に居場所を作ることができる。魔法使いの社会は『家柄』が通じない完全実力主義社会だ。今のまま貴族社会に押し潰されて引きこもっているよりも多少は息もしやすくなるだろう。

――私の魔法は、確かに一度人を傷付けた。だけど伯母様のように、それだけじゃないって信じてくれる人がいた。

ルーシェの言葉に心を動かされたカレンは、半年後に行われた皇宮魔法使い選抜試験に参加し、魔法議会より無事に第二位の地位を与えられた。規模が大きい魔法研究をするためにはミッドシェルジェ公爵家居城のランベルフォード城だと都合が悪くて、都の離宮に居を移したのが二年前のことだ。

――私は、私にできる形で、私の力を民に還元していきたい。……それだけじゃ、ダメなのかな？

カレンの決意を、ルーシェも家族も後押ししてくれた。ルーシェの庇護があったからここまでやってこられたということは分かっているし、感謝もしている。

だけど……だから、こそ。ルーシェがカレンから『次期国主候補』という肩書きを剝奪しないのが、カレンには不思議でならなかった。

——書類の欄が空欄であるよりも、一度暴走事故を起こした私を後継者に据え続ける方が問題だと思うんだけど。その辺りは、まだ私には見えていない何かがあるのかな。

そんな物思いを転がしていたら、馬車の車輪がガタンッと勢いよく跳ねた。予期せぬ振動に体が跳ね、ガチンッと鳴った歯が舌を噛む。

「〜〜〜っ！」

——ちょっと！

国主がお忍びに使う馬車は外見こそ地味だが中身は一級品だ。街中を走っているだけならばほぼ振動は伝わってこない。そんな馬車がこんなに跳ねるなど、余程荒っぽい運転をしているのだろうか。

カレンは反射的に小窓に掛かっていたカーテンを片手で払う。

その瞬間飛び込んできた光景に、カレンは静かに息を呑んだ。

——ここ、どこ？

馬車が走っているのは、街中ではなく森の中だった。皇宮から離宮へ向かうまでの道中にこんな鬱蒼とした森は存在していない。

――皇宮から一番近い森って……

カレンはカーテンを元に戻すと、御者に覚られないように静かに体を座席へ戻した。

ルーシェやルーシェが用意した御者が予告もなくこんな真似をするとは考えにくい。恐らくカレンは、御者がすり替えられていることに気付かないまま馬車に乗ってしまったのだろう。つまりこれは、誰かが仕組んだ罠だ。

――物思いに沈んではいたけれど、都の外へ連れ出されるほどの時間、馬車に揺られていたわけじゃない。都の中で、皇宮からほど近い森となると、……リジェンシー公園の森、とか？

冷静に考えを巡らせながら、カレンは試しに指先に魔力を集中させた。ピシッと微かに散った紫雷を見るに、魔法は問題なく使うことができそうだ。

――どこへ連れていくつもりか知らないけれど、このまま大人しくしているのは悪手。逃げられるうちに逃げておくべきだろう。予想通りにここがリジェンシー公園であるならば、カレンの身体能力に物を言わせれば皇宮まで走って逃げ切ることも不可能ではない。

素早く判断したカレンは、動きを御者に覚られないようにソロリと立ち上がると扉の前に片膝をついた。そっと扉を押してみるが、外から鍵がかけられているのか扉は開かない。

カレンはスッと呼吸を整えると、右の掌底を扉に向かって放つ。身体強化とともに雷撃を纏わせた拳はバキッという鈍い音とともに扉一枚を丸ごと吹き飛ばした。御者がその衝撃に振り返るよりも早く、カレンは開けた視界の先へ飛び込んでいく。衝撃に驚いた馬が嘶く頃には、カレンは飛び込んだ茂みから機敏に抜け出し、森の奥へ向かって走り始めていた。

「チッ！　逃げやがった！」

背後に残した御者は罵声を上げながらもピューイッ、ピューイッと独特なリズムの口笛を響かせる。その音に応えるかのように同じリズムの口笛が森の中からも聞こえてきた。どうやらすでに仲間が待機している場所まで連れ込まれていたらしい。

――一体何なの？　こんな手間のかかることをしてまで、何で私を……

ハイディーンで身柄を狙われた時とは状況が違う。あの時のカレンは『クォードから紹介された狙いやすい獲物』だったが、今のカレンはどう考えてもそうではない。わざわざこんな手間をかけてまでカレンを狙うならば、何らかの理由があるはずだ。

――大方、『次期国主候補』に用事があるんだろうけど……

そんなことを考えた瞬間、見覚えのある燐光が視界の端を舞う。

その瞬間、カクリと体から力が抜けたカレンは足元を木の根に掬われて無様に顔から地面に飛び込んでいた。常ならば絶対にあり得ない失態に痛みよりも先に混乱が走る。

――……っ、身体強化が、解けた？

こぼれそうになるうめき声を噛み殺して体を起こしたカレンは、考えるよりも早く伸ばした指先に魔力を走らせようとする。だがカレンの意思に反して指先に紫雷が飛ぶことはなかった。それどころか、普段は意識することなく繋がれる世界の力の流れを感じることができない。

――これ、ハイディーンの時と同じ……！

その感覚と、さっき視界の端を舞った燐光に覚えがあった。

カレンはグッと手を握りしめると鋭く周囲へ視線を走らせる。そんなカレンを嘲笑うかのように、カレンの周囲からはピューイッ、ピューイッ、と複数の口から口笛の音が上がっていた。反撃を警戒するかのように距離を取ってはいるが、完全に囲まれてしまっている。さらに気配と音で察する限り、この場にいるのはかなりの手練れだ。

――ハイディーンの残党。……違う、多分こっちが本隊だ。

カレンはゆっくりと立ち上がると後ろ腰から短剣を抜いた。

今回の敵はカレンの技量を承知しているのか、むやみに距離を詰めることも、姿を現すこともしてこない。わざわざ森の中へカレンを連れ去ったのも、魔力封じの仕込みや人目につかないようにという意図の他に、カレンの武器である機動力を封じるという一面があったのだろう。

——これは、……マズい、かも。

圧倒的に有利な立場に立っていながら、敵からはまったく油断を感じない。陣形を乱すことがない統率が取れた動きは、訓練された武装組織ならではのものだ。ハイディーンで相手取ったならず者集団などとは勝手が違う。

——魔法が使えなくて、護身用の短剣しかない私で、どこまでやれるか……

それでも、無抵抗のまま大人しく捕まってやるという選択肢は存在しない。

——ここから逃げることが最優先。突破口を開いて、あとはひたすら逃げる！

カレンは心を決めるとグッと低く構えた。カレンの変化に気付いたのか、それまでカレンを取り囲むように動いていただけだった気配がグッとカレンとの距離を詰めてくる。

その瞬間、耳をつんざく破裂音とともに、カレンの周囲を土煙が舞った。

——え？

「グッ!?」

「敵襲！　敵しゅ……ガッ!?」

カレンは反射的にその場に身を伏せる。まるでそんなカレンの動きが把握できているかのように、カレンの頭上を鋭い風切り音がいくつも通り抜けていった。その火線の先でくぐもったうめき声がいくつも上がる。

——……どう、して。

これだけ視界が利かない中で、これだけ的確に引き金が引ける人間を、カレンは一人しか知らない。

だがその人物は今、カレンがこんな目に遭っていることを知らないはずだ。そもそもこんな風にカレンに味方する必要だって彼にはない。

だって、カレン自身が言ったのだ。『私はあんたなんかいらない』と。『消し炭にされたくないならば、さっさと私の前から消えなさい』と。

――何で、ここに……

従者の身分に落とされたくせに無駄にプライドが高くて、徹底的に己の『利』のために行動しているあの魔術師が、こんな場所に出てくるはずがない。

「ご機嫌麗しゅう、お嬢様。御無事ですね？」

そう必死に考えたのに、土煙の向こうからフワリと姿を現したのは、紛うことなくクォードだった。反撃を警戒しているのかカレンの傍らに片膝をついて姿勢を低く保ったクォードは、両手にオートマチック拳銃を構えたまま低くカレンに囁きかける。

「今回展開されている理論式は、前回ハイディーンで展開されていたものよりも厄介です。解式するにしても破壊するにしても手間がかかります。武装用魔銃もハイディーンでの一件が片付いた時に回収されてしまって手元にないことですし、理論式にアプローチするよりも、単純な武力で押した方が早そうです」

「な、んで……」

魔法が使えない状況では、己の口で心を伝えるしか方法はない。カレンが伏せたままかすれた声を上げると、クォードはチラリとカレンに視線を落とした。

「なん、で」

必死に口を開くが、それ以上の言葉が出てこない。声に出さなければ何も伝わらないと理解できているのに、『無言姫』でいる時間が長くなりすぎたカレンには己の声がこんなにも遠い。

「何で」

「『将を射んと欲すれば先ず馬を射よ』というコトワザが東洋にございます」

結局、喉が震えるだけで碌な言葉は出てこなかった。

それでもカレンの下に押しかけてきた『執事』はカレンの心を掬い取ってみせる。

「わたくしはこの間のやり取りでようやく気付きました。貴女様が主としてどころか、人間関係構築力からしてピヨッピヨのヒヨコちゃんだということに」

——はぁっ!?

しかしそれが心地よい言葉となって返ってくるわけではないということを、カレンは図らずもこの瞬間に学ぶことになった。

——ちょっと、ここまで来て何そんな失礼極まりないことを……!

「あんたの背景、調べさせてもらった」

さすがにこれは黙っていられない、とカレンはガバッと体を起こして口を開く。だがカレンが新たな言葉を口にするよりも、クォードが静かに話を継ぐ方がわずかに早い。

「今まで俺は、アルマリエに潜入するにあたって叩き込んだ情報だけであんた達を見てきた。だがそれでは足りないと、あんたのあの言葉を聞いて感じた」

――『あの言葉』って。

どれのことだ、と一瞬考えたカレンは、すぐに『私がどんな道を歩いてきたか知らないくせに』というような言葉を衝動的に吐き捨てたことを思い出した。

同時に、目を丸くする。

――あんな、喧嘩の常套句みたいな言葉を真に受けたってこと？

「今まで俺は、あんたの引きこもりについて、ただのワガママだと思ってたんだ。次期国主に指名されてるくせに、引き受けたくなくてワガママ言ってるだけの甘ちゃんなんだろうって。……結構重たい理由があったんだな、あんたにも」

この場でクォードと戦うべきではないと判断したのか、敵の気配が周囲から消えていく。

だが思わぬ言葉をクォードから向けられたカレンは、そのことよりも目の前にいるクォードに意識を囚われていた。

――私のことを、調べた？　わざわざ？　クォードにとって私は、利用するだけの存在で、仕えるのは形だけで……。だからそんなこと、知る必要なんて、ないはずなのに……

　カレンの推測が正しかったことは、クォードが独白するように呟いた言葉で肯定された。軽く紡がれたように聞こえる言葉の中に、表面からは見えない深い感情が潜んでいることも、人一倍言葉に過敏で、言葉を恐れて無言になったカレンには分かってしまう。

　──なん、で。

　そんな気遣うような声音で、そんな優しい言葉を紡ぐのか。今まで徹底的に己の『利』を掲げてきたクォード・自己中心・押しかけ執事・ザラステアのくせに。

「確かに貴女様の背景を思えば、わたくしにも非があったことは認めざるを得ないでしょう」

　自分が知っている『クォード』からは出てこないはずである言葉に、カレンは戸惑いを隠せない。

　だが次の言葉を聞いた瞬間、そんな戸惑いははるか彼方へ吹き飛んだ。

「人の信じ方も利用の仕方も知らない貴女様に『利用してやるから利用しろ』なんてハードルが高いことを申し上げてしまいました。主のレベルに合わせて物を言えなかったのは、明らかに仕える側であるわたくしのミスでございます」

　──ちょっと!?

「私のことバカにしてるっ!?」

カレンは思わずクォードの胸倉を締め上げようと空いた片手を伸ばしていた。だがクォードはその手を必要最小限の動きでサッとかわしてしまう。

「バカにはしておりません。事実を申し上げたまでです」

「はぁっ⁉」

「信じなくて良いのです。当たり前です。この時点でわたくしを信じようなんて、それこそただのおバカさんでございます」

『やっぱりバカにしてるでしょっ⁉』と叫びそうになった瞬間、不意に真剣な声がカレンの意識を搦め捕った。思わず息を詰めてクォードを見上げれば、クォードは声音以上に真剣な眼差しをカレンに向けている。

その瞳に、なぜがサワリと心が揺れた。

「わたくしはわたくしの目的のために貴女様を利用する。その利用のために貴女様へ利を出す。貴女様へわたくしがもたらす『利』は、巡り巡ってわたくしへの『利』となる。だからわたくしは、貴女様を裏切らない。貴女様への『利』を損なうことは、延いてはわたくしへの『利』を損なうことになるのだから。その辺りの理屈はご理解いただけますね？」

嚙んで含めるように紡がれる言葉は、徹底的に『利』を追い求めるクォードが口にしているからこそ説得力があった。クォードを心底信頼できないと思ってきたカレンが、思わず素直に頷いてしまうくらいには。

「だから貴女様は、わたくしに利用される前提で、わたくしのことを利用するのです」

こんな時でも、クォードにはカレンの内心が読めているのだろう。

カレンを見据えたままニヤリと笑ったクォードには、今までにない余裕が垣間見えた。自信と矜持に溢れた、まさに『秘密結社幹部』という悪人にふさわしい真っ黒で優美な笑みを浮かべていながら、それでも口調は慇懃無礼な執事然としたものでクォードはカレンに語りかける。

「わたくしには利用価値がある。その点だけを貴女様は信じれば良いのです。わたくしに実際それだけの価値があるかどうかは、わたくしの行動と結果を見て貴女様がご判断なされば結構でございます」

その笑みに、カレンは思わず見惚れてしまった。

──なんて、不敵な笑み。

今のクォードが浮かべた笑みは、どこかルーシェが浮かべる笑みに似ている。

己の生き様に絶対的な自信を持っている強者が、その信念を語る時に見せる顔。カレンには見せることができない表情だ。

「今まで『利用される側』でしかなかった貴女様に、わたくしが『利用する側』の視点を教えて差し上げましょう。わたくしはそれができる、優秀な執事サマでございますので」

その笑みを浮かべたまま、クォードはカレンへ片手を差し伸べた。恭しく右手を差し伸べてきたくせに、その手にはいまだに魔銃が握られたままになっている。

親指と小指を広げて形だけお嬢様に手を差し伸べた物騒な執事は、真っ黒な笑みを隠さないままお嬢様を誘う。

「だからお手をどうぞ、お嬢様？」

敵は完全に撤退したのか、周囲は完全にただの森に戻っている。それでもカレンは敵に囲まれていた時以上の警戒心を身に纏ってクォードを見据えていた。

——確かに、そう説明されれば、クォードの行動に矛盾は生じていない。

クォードが『ルーツ』の元幹部で、国家転覆テロを企てた大罪人であることに変わりはない。だが確かにその点を除けば、クォードはやり方はともかくとしてカレンに対してずっと『利』を提供し続けていた。それは間違いのない事実だ。

——私は、クォードのことを、信用できない。

そもそも、身内以外の人間をどうやって信用すればいいのか、どのように関係を作っていけばいいのか、『無言姫』でいたカレンはやり方を忘れてしまった。だが目の前に置かれた『事実』から目を逸らし続けることが愚かであるということを、魔法研究家であるカレンは知っている。

——信用はできない。……でも。

クォードがしたように、まずは『知る』ことならば、できるのかもしれない。

何より。

——このままうずくまり続けるのは、何だかクォードに負けた気がして面白くないっ！

何せクォードはこの一週間でカレンの来歴を調べ上げ、その上で今カレンの危機を救ってみせたのだ。クォードがそれだけの労力と歩み寄りを見せたというのに、ここでカレンが感情的に喚いて今までと変わらずクォードを拒否し続ければ、何だかカレンだけが必要な努力を怠ったような気がして、その時点でクォードに負けたような気がするではないか。

「……調子に乗らないで」

カレンはツンッと顔を逸らしながらも、恐る恐る片手を上げる。顔を明後日の方向へ逸らしていても、そんなカレンの仕草にクォードが笑いを堪えてプルプル震えているのが分かるから、やはりどこまでも面白くなかった。

「いつかあんたとの関係は白紙撤回する。そのことに変わりはないんだから」

「はいはい」

ソロリと載せた手は、思っていた以上にしっかりと握りしめられた。思わず視線を手元に落とせば、思っていた以上に大きくてガッシリした手が魔銃ごとカレンの手を握りしめている。

「それではお嬢様」

白手袋と拳銃を間に挟んでいるはずなのに。繋がったとも正直言い難い状況なのに。

「改めまして、よろしくしやがれでございます」

そう囁かれながらわずかに捧げ持たれた手は、カレンのものではない熱に包まれて、いつになく熱く感じた。

Ⅳ　お手を貸しやがれでございます、お嬢様

感情的な部分を抜いてクォードと向き合うようになってから、カレンはいくつかクォードに対して誤解をしていたことに気付いた。

例えば、クォードはカレンが思っていた以上に律儀である。

「あのまますれ違っていては、効率が悪すぎて碌に仕事が進みませんからね。仕事が進まないことには、わたくしの自由はいつまで経っても手に入りませんから」

口が達者なクォードならば売り言葉に買い言葉など日常茶飯事だろうに、どうしてあんな言葉を真に受けたのかと訊ねてみたところ、返ってきた言葉がそれだった。『仕事そのものはできたでしょ』と続けたところ、軽く肩をすくめて『わたくしが納得できる仕事の出来映えは実現できない、という意味です』と返してきたから、プライドが高いという認識は間違っていなかったのかもしれない。

「で？　課題はできたのですか？」

ついでに付け足せば、クォードは間違いなく優秀な魔術師だった。それも、術の行使者としてだけではなく、人に教えることにも長けていたらしい。

三時のお茶を運んできたクォードは、カレンのティーカップに紅茶を注ぐとカレンの対面の席に腰を下ろした。本来、使用人としてはあるまじき行為だが、カレンがそれを咎めることはない。

なぜならこれは、カレンがクォードに依頼したことだからだ。

カレンは手にしていた『課題』をクォードへ差し出した。自分用のカップに雑な手付きで紅茶を注いだクォードは、カレンから右手で紙束を受け取りながら、左手でティーカップを口元に運ぶ。こうして対面で座るようになってから気付いたのだが、クォードの利き手は左であったらしい。

――正確に言うと、両方とも同じように使えるけど、どちらかと言えば左利き、なんだっけ？

そんなことを考えるカレンの前でザッと『課題』に目を走らせたクォードは軽く目を見開いた。『執事』から『魔術師』へ顔を変えたクォードは、紅茶のカップから口を離すと砕けた口調で言葉を紡ぐ。

「よくできてんじゃねぇか。あんた、思ってた以上に頭良かったんだな」

【失礼すぎない？】

「俺が魔術の分野で誰かを認めるなんて珍しいことなんだぞ。素直に受け取れ」

あの森でカレンがクォードの手を取ってから約二週間。

カレンの日常には、三時のお茶の時間に行われるクォードの魔術講座が加わっていた。

『昨日の一件。あの犯人一味は、ハイディーンで犯行を繰り返していたやつらの、母体にあたるグループだと思う』

この魔術講座が始まったきっかけは、襲撃を受けた翌日、初めて自主的に十時のお茶の席についたカレンが切り出した言葉にあった。

『彼らは魔術を使う。対抗するには、魔術の知識が必要』

『確かに、一理ありますね』

『だから私に、魔術を教えてほしい』

そう切り出したカレンに目を丸くしたクォードの表情を、きっとカレンはこの先ずっと忘れることはないだろう。『鳩が豆鉄砲を食ったような』という顔のお手本になれそうな顔だったのだから。

『これもクォードが言う「利用する」でしょ？』

そんな『してやったり』な内心を押し隠してツンと澄まして言ってやると、クォードはようやくジワリと不敵な笑みを浮かべた。『わたくしは誰が相手であっても、魔術に関することは容赦いたしませんからね』という了承の言葉にカレンが『お好きなだけどうぞ？』と返し、その日の三時のお茶の時間からクォードによる魔術講座は始まった。

「ましてやあんたは魔術に用いられる言語そのものから習得しなきゃなんねぇわけだろ？

よくこの短期間でここまでできるようになったなと、俺なりに本気で感心してんだぜ？」

【国主教育の一環で語学もやってるから、東方系の言葉にも馴染みがあるっていうだけ】

クォードに手放しで褒められるのは、何だかくすぐったい。そもそもカレンは率直に褒められること自体に慣れていないせいで、どう反応したらいいのか分からなかった。

――お世辞と素直な賛辞って、こんなにも違いが分かるものだったんだ。

そう思えてしまうから、余計にいたたまれない。

カレンはフィッと視線を逸らすと話題を変えた。

【現象に対して要素を分解し、単要素ごとに値を設定する。その『式』に魔力を通して式を実行させることで魔術が発現するってことは分かった】

カレンがクォードに手渡したのは、前日の講座でクォードから与えられた課題への解答だった。提示された理論式を解釈してみろと言われたからカレンなりの解釈を書き込んで返したのだが、カレンは釈然としない面持ちでクォードを見やる。

【でも、その理屈に従って理論式を書いてみても、私じゃ魔術を発現させられないんだけど】

「力の流し方が雑すぎんだろ。もしくは前提式をないがしろにしてる。あるいは東方言語のスペルミスってところか」

カレンの解答に目を通しながら、クォードは皿に盛られたクッキーへ手を伸ばす。

魔術講座が始まってから、三時のお茶のお供は三段ティースタンドの豪勢なものからクッキーやマフィンを皿に盛ったシンプルなものに変わった。行儀作法を堅苦しく詰め込まれなくなった代わりに、二人は同じ皿から同じようにお行儀悪く甘味を摘まむ。

「基本的に魔法使いってのは馬鹿力すぎるんだ。魔法は魔法使いの魔力をほぼ無加工でぶつけてる分、発現させせんのに馬力がいるが、魔術は魔力を理論式で加工して発現させる。力が少なくても発現するというか、繊細な力加減がいるって感じだな。あんたの場合、簡単に発現する単純な理論式に魔法を使う要領で力を流してるから、理論式が耐えきれずに焼き切れてんだろうよ」

クッキーを摘まむクォードの手は止まらない。これも魔術講座が始まってから知ったことなのだが、クォードは見た目に反して甘いお菓子が好きなようだった。『頭使う人間は、みんな例外なく甘いモンが好きなんだよ』と暴論を口にしていたが、確かにカレンも甘味は嫌いではない。

【その理屈で言うと、魔力総量が大きい人は魔術が使えないってことになるんじゃない？】

「そんなこたぁねぇよ。力加減の問題だ」

紙束をテーブルに置いたクォードは、紙束から視線を外さないまま懐から万年筆を取り出した。蓋をひねって外したクォードは、ペン先を紙に置きながら言葉を続ける。

「現に俺が仕えていた主は、あんたらにこそ劣るものの、相当な魔力の持ち主だったぜ」

その言葉にカレンはピクリと指先を震わせた。チラリとクォードの表情を窺うが、カレンの解釈に注釈を加えているクォードに特に分かりやすい変化はない。

――訊いても、いいのかな？

【クォードの、主って】

「カルセドア王国最後の王、ガロス・ダルガ・カルセドア陛下」

おずおずと躊躇いがちに問いかけると、クォードは先程までと一切変わらない口調でサラリと答えをくれた。それどころかチラリとカレンを見やったクォードは口元に小さく笑みを浮かべる。

「そんなに気ぃ遣わなくてもいい。『ルーツ』に入る前も後も、さんざ周囲に訊かれた話だ」

【別に、気を遣ってなんか】

「『魔力暴走で一国を滅ぼした未熟者』って東方域では知られてるんだがな。俺から言わせてもらやぁ、二十三、四で立派に国主の重責を背負ってた、中々にできたヤツだったぜ」

ペン先がカリカリと紙を引っ掻く音と、クォードの声が穏やかに絡み合う。午後の柔らかな日差しが差し込むカレンの研究室には、いつになく穏やかな時間が流れていた。

【親しかった、の？】

いつになく柔らかな語調に、カレンは思わず惹きつけられるかのように問いを続けてしまった。そんなカレンの問いにも、クォードは昔を懐かしむような柔らかな声音のまま答えてくれる。

「俺の後見が、陛下だったからな」

【え？】

「俺の親は両方とも国家魔術師だったらしいんだが、俺が物心つく前に二人揃って任務先で殉職してな。陛下が俺の父親の教え子だったってのと、陛下のご厚意で、俺は王宮で育てられたんだ」

育てられたっつーか、『養育』という名目の下、小さい頃から便利に使われてたっつーだけなんだけどな、とクォードは実に簡単に己の半生を語ってみせた。

「正式に国家魔術師として認められたのは八歳の頃だったか。……十歳で国が滅びた日、俺は国家魔術師代表として隣国に使いに出されててな。……俺は隣国のハスファの王宮から、カルセドアを消し飛ばした光の柱を見た」

カリッ、と最後の文字を刻んだ万年筆が紙から離れる。その切っ先が反射する光が眩しかったのか、クォードはメガネの下で微かに顔をしかめた。

「……俺が王宮に留まってりゃ、あんなこと、命に替えても止めてやったのに」

あるいはそれは、変えられない過去を思って浮かべた表情だったのか。

【クォードは、どうして『ルーツ』に入ることになったの？】

本来ならば、これ以上は踏み込むべきではないのかもしれない。いくら一時的に妥協したとはいえ、カレンとクォードはこんなやり取りをするような仲ではないはずだ。聞こえなかったフリをして、じっとしているのが正しかったのかもしれない。

でも、何となく、訊ねてみたいと思ってしまった。

自分達は、上っ面を取り繕わなければならない関係にはない。取り繕うには互いに初手で本性が露呈しすぎた。宮廷の貴族達を相手にする時のように、分厚い上っ面の内側を読んで適切な会話を選ばなければならないという縛りはここにはないし、クォードもそんな対応など求めていない。思ったまま率直に物を言えば、同じだけ率直な言葉が返される。

そのやり取りが、心地よいと思えた。

だから、『無言姫』と呼ばれているカレンが、無言を選ばずに言葉を選ぶ。

【今でも天才魔術師って知られてるくらいなんだし、現役だった当時なら色んな国から引く手数多だったでしょ？】

「確かに、しばらくはそのままハスファの王宮に世話になってた」

カルセドアに限らず、東方諸国はどこでも国が魔術師を召し上げている。カルセドア滅亡から難を逃れた魔術師はそれぞれ周辺各国に散っていった。そんな中『カルセドアの至宝』とまで呼ばれたクォードが生き残っていたと知った諸国は、こぞってクォードを国に招こうとしたという。並べられた条件は、どれも地位と生活を保障する破格のものばかりだったらしい。

「でも、どうしても、俺は……」

そこでフツリと、クォードの言葉は不自然に途切れた。しばらく待ってみても、クォードはどこか遠くを見つめたまま、続きを口にしようとはしない。

──クォード？

カレンは思わず首を傾げる。そんなカレンの仕草が目に入ったのか、クォードはハッと我に返ると何かをはぐらかすように笑みを浮かべてみせた。慇懃無礼で胡散臭い、執事としての白くまばゆい笑みだ。

「さて、なぜでございましょうね？」

──誤魔化した？

今の流れは明らかに答えを誤魔化されている。だがそれが分かったところで追求するのも何かが違うような気がして、カレンは思わずクッションから手を離して視線をそっと逸らした。

──話したくない話くらい、誰でもひとつやふたつはある。

ましてやカレンとクォードはつい最近までこんな気軽に言葉を交わすような関係ではなかったのだ。ここまでクォードが自分のことを素直に話したことの方が意外だったと捉えるべきだろう。

それでも、何となくカレンは心の奥にしこりのような物を感じていた。最近はクォードとの会話を心地よいと感じられていたからこそ、そのしこりが気になって仕方がない。

——何だろう？　この、モヤッとした感じ。

クォードの慇懃無礼で傍若無人な態度に振り回されていた時や、ルーシェの暴君理論にさらされていた時に感じていたモヤモヤとは、明らかに種類が違う何かがカレンの胸の内にうっすらと漂っている。あるいはこれは、向けられた真っ白な執事スマイルの中に微かな儚さや切なさといった色を見つけてしまったからこそ感じているモヤりなのか。

——どちらにせよ、私がこんなことを感じる義理はないはずなのに。

なぜこんなことを思わなければならないのかと、カレンは思わず内心で眉をひそめる。

だがカレンがそんな感情に悩む暇を周囲は与えてはくれなかった。

「姫様、大変です！」

バンッと予告なく研究室の扉が開かれ、慌ただしい声とともに人影が飛び込んでくる。

カレンを相手にこんな無遠慮な真似ができる人間など、この離宮に一人しかいない。

【フォルカ？】

驚いたクォードが肩をビクつかせながら振り返る中、一足早く足音でフォルカの接近を摑んでいたカレンは冷静にクッションを手に取るとフォルカを振り返った。

【どうしたの？　そんなに慌てて。奇襲？】

「奇襲ごときでここまで慌てなど致しません！　大変ですよ、姫様!!」

「『奇襲ごとき』って何だよ、『奇襲ごとき』って。色々おかしいだろ、この離宮」

カレンの母と近い年齢でありながら少女のような雰囲気を纏ったメイド長は、クォードのツッコミを軽やかに聞き流しながらカレンに駆け寄ってきた。カレンの母に護衛メイドとして仕え、ミッドシェルジェ降嫁へも付き随ったフォルカは、口で慌てていてもまったく息を乱さないままカレンに一通の封筒を差し出す。

「陛下から、拒否不可能な夜会招待状が届きました！」

【はい？】

「拒否不可能な夜会招待状？」

キョトンと目を瞬かせたカレンは、ひとまずクッションを膝に載せるとフォルカから封筒を受け取る。真っ白な封筒の表にはカレン宛てという文字が、裏返してみると『皇宮主催・夜会招待状在中』という小さな文字が添えられ、口には赤い封蠟に国章が捺されていた。

【うっわ】

ルーシェからカレンへ届けられる手紙は、封蠟の色と捺された紋章である程度中身の重要度が判別できるようになっている。

封蠟の色は三種類。白、青、赤で、意味はそれぞれ『返信不要』『急いではいないが要返信』『可及的速やかに内容を確認されたし』。紋章はルーシェの個人的な紋章、皇室紋章、国章の三種類で、それぞれ意味は『伯母から姪への私的な手紙』『次期国主候補、もしくはミッドシェルジェ公爵令嬢としてのカレン宛て』『皇宮魔法使いとしての公務関係』となる。

赤の封蠟に国章の手紙で夜会の招待状が届けられたということは、皇宮魔法使いの公務の一環としてカレンを夜会に招くということだ。皇宮魔法使いは国主からの命を軽々しく拒否することができないから、確かにフォルカが言う通りにこれは『拒否不可能な夜会招待状』ということになるだろう。

——普段夜会の招待状なんて精々青封蠟の皇室紋章でしか送られてこないのに、何で今回は赤の国章？

内心で首を捻りつつ、カレンはひとまずクォードが差し出してくれたペーパーナイフで封を開く。中を確かめると確かに夜会への招待状と、ルーシェ直筆の短い手紙が入っていた。

いや、この短さは『手紙』と言うよりも『メモ』と言った方が正確なのだろうか。

『執事殿と一緒においで』

「開発してるあれの出番、来たのではないですか？」

『どうしてわざわざクォードの随伴を念押ししてくるのだろう？』とさらに首を捻っていると、背後から伸びてきた手がスッとカレンの手から招待状を奪い取る。慌ててクォードを振り仰ぐと、サッと招待状の文面に目を通したクォードがカレンに視線を落としてニヤリと笑った。

「一週間後に皇宮で開かれる、女皇陛下主催の夜会ですね」

【一週間後!?】

「まぁ、随分急ですわね」

「この夜会、重要なのは招待客が貴族だけではないということです。有力者の紹介があれば、下級商人などでも参加することができるとか」

――下級商人。

つまり身元を誰かに保証してもらえれば、無名の人間でも会場に入り込むことが可能ということ。

その言葉にカレンは目を瞠った。わずかなその変化でカレンが意図に気付いたと分かったのか、クォードは手の中で招待状を弄びながら笑みを深める。

「女皇陛下が残党どもの正体をどう見たかは分かりかねますが、おびき寄せる場としては申し分ないものだとわたくしは思いますね」

襲撃を受けたことは、その日のうちにルーシェまで報告を上げた。ハイディーンで事件を起こしていたグループの仲間であろうという見解はルーシェとも一致していて、追跡調査がルーシェ主導で行われていたはずだ。報告を上げて以降特に続報はなかったが、このタイミングで来た急な夜会の招待がこの一件にまったく無関係だとは思えない。

――私だって、ただ漫然とこの二週間を過ごしたわけじゃない。

カレンはテーブルの片隅に視線を落とす。先程クォードの添削を受けた課題とは別にもう一山置かれた紙束こそが、今回の本題となるべきはずだったものだ。

「どうなさいます？　お嬢様。可及的速やかな返事が必要なのでは？」

そっと『本題』に手を添えると、背筋を伸ばしたクォードが声をかけてきた。カレンがクォードを見上げれば、クォードは澄まし顔でカレンを見据えている。

【返書には、ハイディーンの後に回収された武装用魔銃を一時返還してもらえるように、伯母様宛ての手紙も付ける】

カレンがクッションに流し込んだその言葉だけで、クォードにはカレンの内心が全て伝わったのだろう。執事然とした澄まし顔に、実に悪人らしい真っ黒な微笑みが翻る。

【当日は、私の伴を】

「承りました、お嬢様」

その笑みを隠すことなく、クォードは執事として完璧な一礼をカレンに向けた。

――胡散臭すぎる。

でもなぜか今は、そんなクォードが頼もしく思えるから不思議だ。

【フォルカ、ドレス選びは任せる。なるべく暴れやすいのにして】

「お任せくださいませ！」

【クォード、フォルカを手伝ってあげて。経費にしてあげるから、リボルバーもオートも万全の準備を。あと】

指示を出しながら、カレンは机の上に手を伸ばした。皿に残っていた最後のクッキーを摘まみ上げた瞬間、クォードの眉がピクリと跳ねる。この最後の一枚をクォードも狙っていたらしい。

【これ、夜会までに完成させたいから】

そんなちょっとしたことに胸がすく心地を噛み締めながら、カレンはコツコツと拳の裏で『本題』を叩いて示した。

【手が空いてる時に、追加講義よろしく】

「……お供に甘味の用意は必要でしょうか？」

【私は欲しいけど、クォードが食べられるかどうかは出来高次第】

カレンがつれなく答えると、クォードは苦々しい顔で舌打ちを放つ。

クォードの澄まし顔を崩せたことが何となく嬉しかったカレンは、クッキーを噛み締めながら内心だけでそっと唇の端を吊り上げたのだった。

幕間　押しかけ執事の憂鬱

同じ空の下にいても、所変わればその青の色も微妙に変わってくるのだと、最近になってクォードは知った。

例えば故郷であるカルセドアの王都ジフィスは、砂漠のオアシスの畔に栄えた街だったから、空はいつもどこか砂埃で白く霞んでいた。先日訪れたハイディーンでは頼りないくらいにその青は儚くて、このアルマリエ皇都フラリエの空の青は不透明で力強い。

——こんなことを思うようになるなんて、俺もいよいよ腑抜けてきたか。

雑踏の中を進みながらぼんやりと空を見上げていたクォードは、ふと頭を過ぎった物思いを軽く頭を振って追い出した。

魔銃のメンテナンスのために必要な資材を求めて、目ぼしい鍛治屋を回った後だった。理想通りの材料が集まったわけではないが、数日に分けて何件かを回ったおかげで何とか夜会までにはメンテナンスを終えることができる目処が立った。不本意ではあったが、負債を上積みしてまで女皇の手を借りた甲斐があったというものだ。

——明後日、か……

向こうは大丈夫だろうか、と一瞬考え、あの出来映えならば問題ないだろうとすぐに結論を出す。今度頭を過ぎったのは、クォードが仮初の主とあおぐことになった、無愛想でクソ生意気なお嬢サマの姿だった。

――魔術の理論を学んで対策をするって聞かされた時にはどーすんのかと思っていたが……

カレンがクォードの力を借りて取り組んでいた『本題』は、ほぼ完成したと言ってもいい。あれがあれば、今度こそカレンは敵を撃破できるだろう。

――魔法研究で飯食って使用人に給金出してるって話、ガセじゃなかったんだな。

アルマリエ皇宮へ潜入するにあたって情報を仕入れた時、カレンの情報ももちろん頭に入れてきた。もっとも、離宮に引きこもって滅多に表へ出てこないカレンに対する警戒度は低く、あまり積極的に調べてはいなかったのだが。

――北方領守護の要ミッドシェルジェ公爵家の末姫。アルマリエ皇宮第二位魔法使い。過去に魔力暴走を引き起こして以降引きこもり。その一件から『雷帝の御子』と恐れられる一方、自分の口を開かない『無言姫』として社交界では笑いの種にされている、か……

カレンに関して聞こえてきた噂は、その程度のものだった。

――人の噂なんざ、アテになんねぇもんだとは知っているが。

人々は、自分の興味関心があることだけを、面白おかしく脚色して吹聴するものだ。カルセドア消滅に関しても、亡き主に関しても、自分自身に関しても様々な噂を聞いてきたクォードは、身を以てそのことを知っている。

——それ以上に、俺自身に偏見があったのかもしんねぇな。

お茶の席をともにするようになってから、カレンの素養の高さをようやく実感した。

あの娘は魔法を扱う技量に長けているだけではなく、その理屈をかなり深い部分まで学術的に理解して、応用することができている。国主教育から逃げ回っているという話だが、受けた分はきちんと自分のものにしているのか、教養も礼儀作法も護身の技量も、その実クォードの教育など必要としていない程度には素地が整っていた。アルマリエの国主の座が魔法使いとしての技量と魔力総量で決まると言うならば、なるほど確かにあれ以上の逸材はいないだろう。

そうでありながら、カレンの心を思うならば、次期国主候補の肩書きはすぐに外してやるべきだろうということも、同時にクォードは思う。

——素直すぎるというか、真っ直ぐすぎるというか。とにかく貴族社会にゃ向いてねぇ性格なんだよな、あのお嬢サマ。

『成果が上がってこようとも、信じられない人間を傍になんか置けるものかっ!!』

雷鳴のようだと思った。

かつてカレンは鈴の音のように美しいその声から社交界で『銀鈴姫』と呼ばれていたら

しい。だがクォードから言わせてもらうならば、あれだけ苛烈に己の心を叩きつける声は決して銀鈴などという儚く美しいものなどではない。『銀鈴姫』なんて儚げな呼び名も、『無言姫』なんて大人しい呼び名も、クォードが知るカレンにはとことん似合わない。

――まぁ、無言っちゃ無言だがよ。

だが案外慣れるとその実、小うるさいくらいカレンは饒舌だ。

クッションに流れる文字だけではなくて。本人曰く無表情な顔には雰囲気で内心がダダ漏れであるし、いつだって光を失わないペリドットの瞳は感情を素直に映してコロコロと陰影を変える。傍で雰囲気を感じているだけで何を考えているかなど簡単に分かってしまうのに、それを受けて会話を成立させてみれば『なぜ分かったのか』という驚きまで素直に見せてくる。

――案外、いいヤツなんだよな。

クォードを押し付けられたことに怒りを見せながらも、思い返せば離宮に押しかけた当初からカレンがクォードを不当に扱うことはなかった。そりゃあ中々な嫌がらせを喰らいもしたが、他の使用人と同等に生活は保障されていたし、『元秘密結社幹部の大罪人』という身元を不必要にあげつらわれることもなかった。離宮の主であるカレンならば、他の使用人にその情報を吹聴し、クォードを弾圧することもできたはずなのに、カレンがそんな素振りを見せたことは一度もない。おかげでクォードは元からいた使用人達の反感を買うことなく、使用人を束ねる『執事』という役職を全うすることができている。

——人嫌いっつーよりも、ありゃ根が真っ直ぐすぎてそんな陰険なやり口を思いつかなかったって感じだな。

そう、真っ直ぐだ。こんな裏社会の底で生きてきたような相手に対してまで、カレンは正攻法の喧嘩しか売ってこない。

おまけに高位魔法使いのお嬢様であるくせに、使用人で大罪人のクォードに魔術の教えを請うときた。どんな顔で聞きに来るのかと思っていたら、ペンを片手に見たことがないくらい真剣な顔でクォードの話に聞き入っていた。自分で自分のことを『無口無表情』と評するくせに、魔術講座を受けている時のカレンは普段の十倍くらい饒舌になる。最初は初歩的な質問ばかりだったのにいつの間にか鋭いことを訊いてくるようになったから、最近はクォードも一日の仕事を終えて自室に戻ってから理論式を紐解くようになった。こんな風に夢中になって魔術に向き合ったのは、一体いつぶりなのかも分からない。

楽しいと、思うようになってしまった。

自分達は、利用し、利用されるだけの関係だったはずだ。あの時間だってその一環で、何なら余計にその関係性が浮き彫りになるだけの時間であったはずなのに。

主従も敵対関係も取り払って、対等の立場で魔法と魔術の理論を転がし合って、同じ皿から甘味を漁るあの時間を、クォードは楽しいと感じてしまっている。請われたから応えただけであったはずなのに、今のクォードは毎日の三時のお茶を心待ちにしてしまっている。

その自覚を胸の内で言葉にしてしまった瞬間、クォードは思わず足を止めていた。うつむいた顔には、自嘲の笑みが浮いているのが分かる。

「……ほんっと、落ちぶれやがって」

十歳で国が滅んでから、利害だけが自分の物差しになった。利用価値があるか、ないか。ヒトも、モノも、その尺度で測ってきた。

その全ては、己を搾取しようと伸びる手さえをも利用し尽くし、心の底から焼けつくほどに乞い願った、たったひとつの願いを叶えるために。

——叶うならば、もう一度。

『クァント』

一言、声を聞いて。一目、その姿が見たい。

使いとして国を出たあの日、あの人と交わした約束を、果たしてもらいたい。

『君が無事に今回の命を果たせたら、君に名を与えましょう』

ふと耳の奥に蘇った今は亡き主の声に、クォードは痛みをこらえきれずに目を閉じた。

カルセドアでは、子が社会に出る時に、親が子へ名を贈る。学校に行くことが決まった時、奉公に出ることが決まった時、許嫁が決まった時などタイミングはまちまちだが、一人のヒトとして公の場で名前を呼ばれる機会を得た時、家族が呼ぶ名前とは違う名前を贈られるのが習わしだった。

物心ついた頃から国家魔術師見習いのようなことをしていて、八歳で正式に国家魔術師の位を得たクォードだったが、クォードには十歳になるまで名どころか幼名らしい幼名もなかった。あったのは『カルセドアの至宝』という立派すぎる二つ名だけだ。

『君の父君がずっと君のことを「私達の至宝」と呼んでいたものだから、ついうっかりね』

王宮で職を得ているのだから、年齢的に成人には遠くても名前くらいないと困る、と王に訴えたところ、返ってきたのがそんな言葉だった。何度も繰り返されるクォードの陳情に、王はいつも柔らかく苦笑を返してクォードの頭を撫でてくれた。父のように、兄のように触れてくれるその手が、クォードは決して嫌いではなかった。

だというのになぜ、最後のあの時だけあの手を払い落としてしまったのだろう。きっと十歳の誕生日を任地先で迎えなければならなくなったことに、らしくなく歳相応に腹を立てたからだと思う。

『実は、随分前から決めてはいたのだけどね。君の父上が君に残した呼称を私が奪い取るような心地がして、何だか切り出せなかったんだ』

この任務は君にしか託せない。だから、申し訳ないけれど行ってきてくれ。なぁに、君ならすぐに片付けられるさ。

帰ってきたら、宴を開こう。私と、君と、あと数人、君の気心知れた人間だけを招けばいい。

その席で、私が君に名前を贈ろう。

だからお使い、頼んだよ、クァント。

「……陛下」

――貴方は俺に、どんな名前を贈ろうとしていたのですか？

ずっとその問いを抱えて、何年かかってでもその答えを直接あの声で教えてもらうのだと信じて、走り続けてきた。あの日、数多の国から提示された条件の全てを撥ねのけて『ルーツ』へ身を投じたのも、全てはこの願いを叶えるため。この条理に反する願いを叶えることができる唯一の可能性を手に入れられるとすれば、それは世界各国、表裏を問わず魔法魔術の世界に根を張っている『ルーツ』をおいて他にないと思ったから。

――伝説の時流系魔法具『東の賢者』。

はるか古の世から『手に入れた者は古今東西を統べる王となる』とまで謳われた、最強の魔法具にして魔術具。それは一冊の本だとか、小さな箱であるとか、はたまた人の形をしているだとか、伝承が伝わる国や時代によって伝えられている形は様々だ。ただ『手に入れば叶わぬ願いはない』という言い伝えだけはどの話でも共通している。

カルセドアには、数百年前、時のカルセドア王が所有していたという伝説が伝わっていた。カルセドア王宮に文献が残っていたところから察するに、恐らく根拠のない伝承の類ではなく実在していた可能性が高い。

主にしてたった一人しかいない家族を失ったクォードが、泣いて、泣いて、泣き尽くして、その先に見出した唯一の希望だった。それから『東の賢者』が実在していてどこかの国が保有しているならば、絶対に表には出てこないはずだとも考えた。そんな貴重すぎる宝物を見せびらかすような真似をする馬鹿な人間がいるとは思えない。仮にクォードが手に入れた側の人間であったならば、その事実を誰にも公言することなく秘匿したことだろう。

だから、正攻法では駄目だと思った。何を捨ててでも手に入れたいならば、なおのこと。『ルーツ』の存在は、国元にいた時から知っていた。魔法犯罪のみならず魔術犯罪も行っている『ルーツ』は、カルセドアでも問題視されていた組織だったから。かつてのクォードは、その『ルーツ』を狩る側に属していた人間だった。

だからこそ逆に、その組織の大きさと、持っている力の強さをクォードは知っていた。誰かの手から奪ってでも『東の賢者』を手に入れたいと願うならば『ルーツ』に属するのが一番の近道だということも、己から手を伸ばせば必ず『ルーツ』は自分を迎え入れるということも、クォードには分かっていた。

だから、この道を選んだ。

かつて誇（ほこ）りとともにあった技（わざ）を、犯罪のために使った。決して人には言えない生き方をしてきた。栄光に背を向け、闇（やみ）の中を生きる場所に選んだ。

全ては『ルーツ』の中でのし上がるため。情報を、力を、地位を得て、いつか『東の賢者（セダカルツァーニ）』へたどり着くため。『始原の混沌（こんとん）への回帰』を掲（かか）げる『ルーツ』は、その一手段として『東の賢者（セダカルツァーニ）』の奪取（だっしゅ）も視野に入れて動いていた。組織の中で地位を手に入れ、少しでも高い場所にいれば、いつか組織が『東の賢者（セダカルツァーニ）』を手に入れた時に自分の望みを叶える余地が生まれるかもしれない。いや、必ずそこに喰（く）らい付いてみせる。

そう心に決めて、なりふり構わず駆（か）け続けてきた。

だがその道は、あの日、空など見えない場所で撃（う）ち落とされた雷撃（らいげき）によって砕（くだ）かれた。

――いや、今なら認められる。

本当はずっと前から、薄々（うすうす）とは気付いていた。たとえ『東の賢者（セダカルツァーニ）』が手に入った所で、自分の魔力総量ではこの願いは叶えられないと。魔術師としての理を極（きわ）めた自分には、本当はそんなことはできっこないという結論が、理屈（りくつ）の上では分かっていた。

ただ感情が、その理屈に決して納得（なっとく）できない。今でも追うことが許される立場にいれば、きっと自分は一生『東の賢者（セダカルツァーニ）』と己（おのれ）の大望を追い続けることだろう。

――だから、逆にこれで、いいはずなんだ。叶いっこないデカすぎる感情を叩（たた）き折るには、これくらいのことがないと無理なんだから。

次期国主候補に執事として仕え、時に現場に随行して魔術を振るう。いつかは自由が手に入る。この道を行くのが自分にとって最も『利』があり、生き直すのには最適な道だ。これ以外の道があるわけでもないし、何より大罪人の元秘密結社幹部に対してここまで人らしい扱いをしてくれる場所など他にない。何だかんだ言って、仮初の主と口喧嘩をしながら過ごす日常も悪くないとは思っている。

――いいはずだと、思わなければならない。

それでも、心の奥底で、あの日の自分が叫んでいる。

その程度で諦めるつもりなのか、と。

お前が半生を捨てて突き進んだ道は、その程度で諦めがつくものだったのか、と。

「……っ！」

割り切れない感情に、グッと両の拳に力がこもる。

その瞬間、すぐ耳元で聞き覚えのある声が響いた。

「ハァイ、色男」

一瞬、この場所でその声が聞こえる意味が理解できなかった。いや、鋭く息を呑み、目を見開いた後でも、意味は理解できていない。

「イケメンは憂いを帯びた表情をしててもソソるわよねぇ！　いやぁん、クァントのくせして美味しそうに思えちゃう！」

「っ⁉」

反射的に左手が後ろ腰のホルスターに伸びる。だがクォードが魔銃を抜くよりも、クォードの足元に光の文字が走る方が早かった。

――『断絶』の理論式。異界に引きずり込まれたか……！

自分に何が起きているのか把握しながらも、クォードはなおも抗おうと魔銃を抜く。だが後ろに回された腕はホルスターから魔銃を完全に抜くよりも早く、他所から伸ばされた腕によって動きを止められた。

「強引に壊そうとするなんて、ダメよぉ、ダメダメ。縺れたらヘンなコトになるのは、痴情も理論式も同じじって言うでしょぉ～？」

「っ！」

ゾワリと背筋に走る悪寒に、クォードは魔銃を抜くことを諦めると腕を振り払ってその場から飛び退った。クォードよりも大きくて力強い男の手は、存外あっさりとクォードの腕から離れる。

振り返った先にいたのは、品のある紳士服に身を包んだ男だった。

鍛え上げられた肉体に、左耳の下で緩やかに束ねられて胸元に垂らされた桃色の髪。何を考えているのか分からない、まさしく道化師のような笑み。この特徴的な外見と、野太い声で操られるオネエ口調は、忘れたくても忘れられるものではない。

「……ジョナ」

クォードの低い呼び声に、男はニヤリと笑みを深める。

『混沌の仲介人(ルーツ・デ・ダルモンテ)』上級幹部(イクソス)、ジョナ。

組織におけるクォードの上役であり、アルマリエ国家転覆テロの立案者。そしてこの作戦に参加するようクォードをそそのかした張本人。

一瞬真っ白になった頭でそこまでのことを思った瞬間、今までのことが全て一本の線で繋がった。

「そうか……そうかよ。全部テメェの手のひらの上だったってことか！」

ジョナとの距離を詰めると同時に腕を伸ばす。ツカツカと歩み寄った勢いを殺さず胸倉を捻り上げると、ジョナはわざとらしく足をよろけさせた。

「やぁん、クァント、痛ぁい」

「俺をわざとアルマリエに捕らえさせたのも！　ハイディーンでならず者どもをそそのかして事件を起こしていたのも！　皇都の犯罪者どもを焚き付けてあいつを狙わせたのも！……全部テメェの指図だな？」

国家転覆テロのためにアルマリエ皇宮に潜入したクォードが、アルマリエ皇宮内で落ちあう手筈になっていた作戦指揮官がこのジョナだった。

アルマリエに捕らえられ、尋問にかけられてから、ようやくクォードは自分がいかに杜撰(さん)な作戦に投入されていたかを知った。そもそも、あの時実際に起こされた騒動(そうどう)はクォードが聞いていた作戦とはあまりにもかけ離れたものだった。まるでクォードをアルマリエに捕らえさせるためだけに起こされたかのようなあの一件が、クォードはずっと不可解でならなかった。

「この間のリジェンシー公園での一件、あの理論式を書いたのはテメェだな？　道理で書き方の癖(くせ)に覚えがあるわけだ」

　クォードにしなだれかかりながらも、ジョナはニヤニヤとした笑みを顔から消さない。その笑みは明らかにクォードの言葉を肯定(こうてい)していた。

「吐(は)け。テメェらの目的は何だ？　アルマリエ国家転覆なんて、どうせ最初っから企(たくら)んでねぇんだろ？　本当の目的は一体何だ？」

「ヤァダァ～、アタシ達の目的は最初っからひとつだけ。『始原の混沌への回帰』。それを目指すために、アタシ達『混沌の仲介人(ルーツ・デ・ダルモンテ)』はあるんじゃないのよぉ～！」

「ざっけんな！　今回のことと、それに何の関係が……っ！」

　おどけるような物言いに左手が後ろ腰のホルスターに伸びる。

　だがその手はまたしても魔銃を抜く前に止められていた。

「アルマリエの陛下がね、お持ちらしいのよ、『東の賢者(セダカルツァーニ)』」

　自分より力がある手に腕を掴(つか)まれたわけではない。圧倒(あっとう)的な雷撃を喰らわされたわけでもない。

だというのにクォードは、その一言に腕どころか呼吸をも止められていた。冷静さを取り戻していたと思っていた思考が、再び真っ白になって動きを止める。

「セダ、カルツァーニ、が……？」

――アルマリエ皇宮に、ある？

ずっと追い求めてきたモノが。人生の半分を捨てて探し回った唯一の希望が。

行こうと思えば何らかの理由をつけて踏み込める場所に。面会を望めば叶う可能性がある人の下に。

手が届くかもしれない場所に、ある。

「それは、確かな話、なのか？」

「アラヤダァ、アタシ達が不確実な情報に踊らされて、誰かに尻尾を摑ませるような行動をするとでもぉ？　確実にそこに『ある』って確信できたから、『東の賢者』を釣り上げるためにわざと尻尾を見せてあげたのよぉ。確信がなかったら、もっと確実な別の獲物に目を付けると思わな～い？」

くふふ、と笑ってみせたジョナは、胸倉を摑み上げたクォードの手につぃっと指を這わせた。その指先が手から腕を伝い、肩をなぞり、頰に添えられても、クォードは固まったまま動き出すことができない。

「アタシ達『ルーツ』は、魔法と魔術が分かたれる前の始原の海へ至りたい。『東の賢者』は、それを成すための鍵とすることができる。だけどアタシ達が使う前にちょこーっとだけ、アナタに私用で『東の賢者』を使わせてやってもいいってボスは言ってたわ」

「っ!?」

「アルマリエに捕まってもらったのは、その対価の前払いって意味もあったのよ」

その言葉に顔を撥ね上げたクォードは、ようやくそこでジョナを振り払った。引き寄せられた時よりも余程強く突き飛ばしたというのに、ジョナは優雅に一歩後ろへ下がっただけで顔に広げた笑みさえ崩さない。

「アタシ、明後日、皇宮に行くのよね。今もそれの衣装選びに迷ってる最中なんだけどぉ」

――明後日の、皇宮。

カレンが強制的に呼び出された夜会のことだとすぐに分かった。皇都に潜む犯人一味を釣り上げたいと考えていた女皇の思惑は叶っていたのだと、クォードはこんなところで思い知らされる。

「アタシ、その時、ルーシェ陛下にご挨拶がしたいのよねぇ。カレン様を隣に置いて」

「っ……!?」

「やぁん、やんごとなき方々と席をともにするんですものぉ！　何を着ていくべきか迷っちゃう～！」

——こいつ……！

国家転覆テロだと伝えてクォードをアルマリエに送り込んだのは、あえてアルマリエにクォードを捕まえさせることでクォードをアルマリエ中枢に送り込みたかったから。クォードならば延命のためにうまく立ち回り、最終的にアルマリエ中枢のどこかに居場所を与えられるとジョナには最初から読めていたのだろう。

ハイディーンでならず者をそそのかし魔法道具や魔法使いをかき集めていたのは、姿形が分からない伝説の魔法具『東の賢者』を求めると同時に、『東の賢者』に関する噂そのものも集めていたから。

ハイディーンでの暗躍の結果『東の賢者』がアルマリエ皇宮にあるという確証が取れたから、カレンを人質にしてルーシェから『東の賢者』を奪い取るべく、カレンの拉致を試みた。

リジェンシー公園での襲撃が失敗に終わったから、今度は皇宮での夜会に潜入し、万全を期すためにクォードを巻き込んだ上で、カレンを人質に取ってルーシェに取引を持ちかけようとしている。

止めるべきだ。

今のクォードの立場から考えれば、クォードは今この場で相討ち覚悟でジョナを止めなければならない。もしくはこの場をうまく抜け出し、カレンかルーシェへこのことを報告するかのふたつにひとつ。

それが分かっているのに、クォードはホルスターから魔銃を抜くことができない。

『クァント』

はるか遠い記憶の中から、柔らかな声が自分の名前を呼ぶから。

「あぁ、そうだ、クァント」

クォードがこうなることもジョナは折り込み済みだったのだろう。一歩分開いた距離を詰めたジョナは、内ポケットから取り出した金属塊をクォードの胸ポケットに捩じ込んだ。

「あの活躍っぷりからして、そろそろ原料切れでしょう？　今だって魔銃、左腰に一丁しか差さってないものねぇ？」

その言葉にクォードはギリッと奥歯を噛み締めた。

クォードの通常装備用のオートマチック魔銃は、銃弾を補充しなくても半永久的に散弾できるように理論式が組まれている。オートマチック銃のフォルムをしているし、便宜上他人には『オートマチック』と言ってはいるが、実際はマガジンを装填する機構はない。

だが魔術は魔法と違い、何もない空間から物を作り出すことはできない。一見この原則を越えているようにも見えるクォードの魔銃も、この原則から逃れることはできていない。

クォードの魔銃は、魔銃を構成する金属の一部を銃弾に変成させて弾を撃ち出している。つまり身を削って銃弾を作り出しているのだ。乱射を続ければ魔銃の質量は減り続け、いつかは銃身そのものが発砲の衝撃に耐えきれずに砕けてしまう。

それを回避するためにこの魔銃は定期的に金属を補充して形を補整してやらなければならない。だが執事に身を落とした後のクォードには補充用の金属を入手する金子もルートもなく、結果この魔銃はここ数ヶ月消耗する一方だった。

この数日、鍛冶屋を何件も回っていたのも、このメンテナンスに必要な金属を入手するためだ。先に砕けた一丁の銃身をメンテナンス用の金属に回すことで護身用の一丁を何とか持ち歩けていたが、正直ここでジョナ相手に魔銃を抜いていたら残された一丁も無事で済んだかは分からない。

——見抜いてやがったのかよ……！

さらにその一言は、アルマリエに捕らえられてからのクォードの行動をジョナが逐一把握していたことも暗に示していた。

「アンタが前に発注した成分比でちゃぁ～んと作ってあるから安心してちょうだい。質量だって二丁分、ちゃんと用意してあげたわ。これでバッチリ準備できるわね？」

バチンッとウインクを寄越したジョナは、姿を現した時から変わることなくニヤニヤと笑い続けている。

だがそのヘーゼルの瞳の奥は、獲物を前にした蛇のように終始凍てついていた。

「じゃあ、明後日の夜、会場で会いましょう？」

その瞳の奥底が、最後の一瞬だけ、深く深く嗤う。

その笑みにゾッと背筋が凍てついた瞬間、ジョナの姿は消えていた。クォードを世界から分離させていた足元の理論式も消え、雑踏がクォードの周囲を包む。

疲れから白昼夢を見たのかとも錯覚してしまいそうな、鮮やかな引き際だった。

だがクォードの燕尾服の胸ポケットには、今の出来事が夢ではないことを示すかのように、ずっしりと重たい金属塊が入れられている。

——このまま黙って流れに身をゆだねれば、『東の賢者』が手に入る。

カレンは散々クォードに言ってきた。『クォードはアルマリエ国家転覆テロを企てた秘密結社の幹部で大罪人である』と。

クォードは散々カレンに言ってきた。『俺はお前を利用するだけだ』と。

クォードにとって、行動の選択を迫られた時の判断基準は『利』だ。そしてその『利』は全て、亡き主に再会するために積み上げられたものであったはず。

ならば、この選択にどう対応すればいいかなど、迷うこともなく分かっているはずなのに。

「……っ」

『クォード』

雷鳴のようなあの声で名前を直に呼ばれたことなんて、一度もないのに。あの自称無表情な顔が、自分に笑みかけてきたことなど、一度もないのに。
なぜかありもしない幻が、このタイミングでクォードの脳裏を満たす。
奥歯を噛み締めたまま、クォードはうつむいた。
止めてしまった足を、前へ踏み出すことができないまま。

Ⅴ　決裂のお時間でございます、お嬢様

クォードの様子が、おかしいような気がする。

カレンはそっと傍らからクォードの顔を盗み見る。光魔法によって灯りが灯されたシャンデリアに照らされて、夜会の会場となったホールの中は真昼のように明るい。その照明の加減なのか、はたまたカレンの勘違いなのか、クォードは時を追うごとに顔色が悪くなっているような気がした。

——普段これだけ眺めてたら、いい加減視線に気付きそうなものなのに。

カレンは試しに手にした皿をクォードの視界に入る位置で振ってみる。だが甘味に目がないはずであるクォードが、ケーキが取り分けられた皿に一切興味を示さない。夜会の招待状が来た時に『立食形式で、甘味も充実してるよ』とカレンが教えたら『事が始まる前に全種類制覇しておくべきですね』と至極真面目な顔で言い放ったというのに。

——伯母様も宰相様も甘味好きだから、出される甘味はどれも最高なのになぁ。

特に今日は桃のタルトが絶品だ。会場入りと同時に厄介な貴族連中から声をかけられるのをかわすために甘味のテーブルに突撃したカレンは、すでに一通りのケーキを口にして

いるから、間違いなくイチオシの自信がある。絶対にクォードも気に入るだろうから、ぜひとも食べて感想を共有したいと思っていたのに。

——でも、何か物足りないんだよね……

フロアを行きかう給仕係のお盆からグラスに入れられたアイスティーを取りながら、カレンは内心だけで首を傾げた。

一口アイスティーを流し込めば、キリッと冷えたそれは口の中に広がったケーキの甘さを爽やかに押し流してくれる。

確かに美味しいはずなのに、何か物足りなくてカレンはさらに首を傾げた。

——まぁ、そんな呑気なことを言っていられるのも今のうち、か。

カレンは一口飲んだだけのグラスを別の給仕係に頼んで下げてもらってから、手にした皿の上のケーキをふたたびモグモグと片付け始める。

そんなカレンの目の前には、煌びやかな夜会会場が広がっていた。

今まではあり余る食欲を前面に見せつける勢いを利用して周囲から距離を取っていたカレンだが、その作戦もそろそろ限界だ。実に六年ぶりに夜会の場に姿を現したカレンに話しかけたくて仕方がない連中がウズウズとこちらの様子を窺っているのが分かる。そうでなくても今晩の本題はハイディーンの残党の一本釣りだ。いつまでも甘味を貪っているわけにもいかないだろう。

「カレン様！　カレン様ではございませんか！」

そんなことを思っていた矢先、死角に当たる位置から声が飛んできた。思わずビクリと肩を跳ねさせながら声の方を振り返れば、恰幅のいい紳士がにこやかに微笑みかけている。

――……えっと？

実に親しげに声を掛けてきたが、残念ながらカレンは相手に見覚えがなかった。何せ普段は引きこもりで、夜会に出席するのは魔力暴走を引き起こしたあの時以来初めてなのだ。当時まだ幼かったこともあり、嫌な思い出で蓋をされた記憶は酷く曖昧で、貴族連中の顔などサッパリ覚えていない。

――貴族議会じゃなくて、魔法議会の人ならまだ論文発表の時とかに見かけてるかもしれないんだけども。

「いやぁ、見違えました！　随分お美しくなられた！　まるでお若い頃のオルフィア様を見ているかのようで……」

どう反応したものか、そもそも相手は誰なのかとカレンが硬直している間にも紳士はまくしたてるように言葉を続ける。そんな紳士は顔と言葉に柔和な笑みを広げていながらも瞳の奥は酷く冷めきったままカレンのことを観察していた。

――あ……

その視線に、蓋をした記憶の底から、あの日の悪意が這い出てくるような気がした。

視線にさらされた端から、体が冷え切っていく。微かに指先が震え、フォークと皿がカタカタと小さく音を立てる。

でも。

カレンは自身の体に軽く電流を流すと、体の震えを強制的に止めた。無言のままひたと紳士を見上げれば、反応が予想と違ったのか紳士は戸惑ったかのように言葉を止める。

──こいつの誉め言葉は、全部お世辞。全部偽物。

今のカレンは、言葉の全てが自分の敵ではないことを知っている。自分の心を温めてくれる情が通った言葉と、自分を傷付け取り入ろうとするために紡がれる言葉。その響きの違いを今のカレンは聞き分けることができる。その差はクォードが、あの魔術講義の中で教えてくれた。

──きっと、クォード自身はそんなこと思ってもいなかったんだろうけど。

それでもカレンの心は今、クォードが何気なく向けてくれた素直な賛辞や、取り繕うことなく紡いでくれた率直な言葉達によって守られている。

──とはいえ、このまま硬直状態じゃ話が進まないな……

「失礼」

視線で相手を牽制したまま、カレンは次にどう振る舞うべきかを考える。

だがカレンが正解を導き出すよりも、怜悧な声が間に割って入る方が早かった。

フォークを握ったままだったカレンの手が自分よりも高い熱に包まれる。同時に重ねられた手に力が込められ、流れるように動いたフォークはケーキに突き刺さるとそのままカレンの口の中にぎゅむっと突っ込まれた。

「んぐっ⁉」

「お嬢様、まだ糖分摂取が足りていらっしゃらないのでは？　低糖状態から来る震えが見えましたよ」

予告もなく一口大に切り分けられる前のケーキを丸ごと口に突っ込まれたカレンは、呼吸もままならないまま目を白黒させるしかない。目を白黒させているのは話しかけてきた紳士も同じだったようで、カレンを品定めしていた紳士は視界にさえ入れていなかった使用人の突然の暴挙に言葉を失っているようだった。

そんな紳士に向かって、クォードはここぞとばかりにまばゆい執事スマイルを向ける。

「大変申し訳ございません。お嬢様は只今、生命の危機に瀕しておりまして」

「生命の、危機」

「ええ。低糖状態は文字通り生存の危機でございます。お嬢様は日頃から頭脳労働に勤んでおられますので、糖分摂取は最重要事項なのです。『こちらの名前は知っていて当然』という構えで名乗らず押しかけてくる無礼な有象無象のお相手など、している暇はございません」

「無礼な有象無象っ!?」

——ちょっとクォードっ!?

文字通りケーキに口をふさがれているカレンは、クォードの慇懃無礼でストレートな罵倒に思わず目を剝いた。

——それ、『お前はケーキ以下』って言ってるよねっ!? 言っちゃってるよねっ!?

「無礼でございましょう。当家のお嬢様は、五家ある公爵家の中でも一際由緒正しきミッドシェルジェ公爵家の末姫。さらには次期国主候補でもあらせられます」

クォードの物言いに紳士がカッと怒りを顔に上らせる。だが立て板に水を流すがごとく言葉を並べるクォードの余裕は崩れない。

「明確に立場でお嬢様の上に立てるお方など、この場においては女皇陛下くらいしかいらっしゃらないのでは?」

周知の事実ではあっても、改めて突き付けられなければ案外その重みは分からないものなのかもしれない。話題にされている当人のカレンでさえ『言われてみればそうかも?』と思ったくらいなのだから、『無言姫』という二つ名を意識に刷り込まれた貴族達ならばなおさらだろう。

「ご理解いただけましたか? それでは、失礼いたします」

クォードの言葉に顔色を失った紳士へ、クォードは軽く一礼する。それからようやく拘束を解かれたカレンは、クォードのエスコートに従ってその場を後にした。

——お見事。

でも、予告なくいきなり口にあんなに大きなケーキを突っ込むのは、淑女に対してどうかと思う。いや、淑女が相手でなくても、窒息の危険が高すぎて危ない。

「お嬢様なら大丈夫かと思いましたので」

モグモグゴクンとようやく口に突っ込まれたケーキを呑み込んだカレンは、不満を込めてクォードを見上げる。そんなカレンの視線に気付いているのか、クォードはカレンの方を見ないまましれっと答えた。

「キッチリ背筋を伸ばして、堂々となさってください。下手にビクついているから、周囲にナメられるのですよ」

カレンを甘味が並ぶテーブルへ誘導したクォードは、空になっていたカレンの皿に次々とケーキを載せていく。その作業の中で自然にカレンの耳元へ口を寄せたクォードは、黒い笑みを覗かせる声音で低く囁いた。

「この場でご自身は誰よりも強いとご自覚なさってください。自覚さえできてしまえば、もう何も怖くはないはず」

思わずカレンはチラリと傍らにあるクォードの顔へ視線を向ける。案の定、クォードは視線を手元に向けたまま秘密結社幹部の顔で笑っていた。

だがその笑みはやはりどこかキレがないというか、どこかぼんやりとしている。先程紳士を追い払ってくれた時のまばゆい笑顔の方がドスが利いていたくらいだ。

——何だろう。言葉を聞いている分には、本調子だと感じてもおかしくないはずなのに。

カレンの皿に山盛りに甘味を載せたクォードは、やはり自分の分は取らないまま、今度は人気が薄い壁際にカレンを誘導していった。そのまま二人してスッと気配を消せば、紳士に声をかけられる前よりもはるかにカレンに纏わりつく視線が減る。フロアを行きかう人達の視線が集まりにくい場所で、さらにクォードがさりげなく視線を遮ってくれているおかげだろう。それでも視線を向けてくる人間はいるが、先程のやりとりを見ていたのか、皆怖気づいたように眺めるだけで声はかけてこない。

——これもクォードからの『利』だね。

正直、ここまで心穏やかにこの場に立っていられるとは思っていなかった。クォードがいてくれなかったら、とうの昔にカレンはこの場から逃げ出していたかもしれない。

「……おい、引きこもり」

そんなことを考えた瞬間、ボソリと傍らから声が聞こえた。チョコレートケーキを頬張りながら顔を上げれば、いつの間にかクォードがカレンへ視線を向けている。

「お前……」

ようやくカレンに視線を置いて口を開いたというのに、クォードの言葉は中途半端に途切れた。キョトンと首を傾げながら続きを待っていても、クォードの唇は開いては閉じ、閉じては開いてを繰り返すばかりで肝心の言葉が続かない。

【どうしたの？】

しびれを切らしたカレンは、フォークの先を宙へ滑らせた。軌跡に淡紫色の燐光が散り、宙に文字が瞬いては消えていく。

【クォードもケーキ食べる？】

「……いや」

クッションではなく宙へ流れた文字を視線で追ったクォードは、結局言葉を口にしないままフイッと視線を逸らした。そんならしくないクォードにカレンはますます首を傾げる。

「……今日の、ドレスは」

それでもう会話は終了なのかと思っていたら、クォードはまた重く唇を開いた。今度はチーズケーキを口に運んでいたカレンは、慌ててケーキを口に放り込むともう一度クォードを見上げる。

「動きやすいのですか？」

【？　形はいつもと変わらないから、いつも通りだけど？】

「武器は？」

【それもいつも通り、短剣を】

「……そうですか」

——……？　一体何を言いたいんだ？　この不調執事。

この感じ、やはりクォードは本調子ではないのかもしれない。

一瞬、クォードを連れて帰るべきかという考えが脳裏を過ぎる。

——いや、だって、ここには衛兵も魔法兵も皇宮魔法使いも詰めてるわけでしょ？　おまけに伯母様も登場するわけだし。

考えてみれば、自分達がいなくても戦力は十分揃っている。恐らくルーシェは『巻き込まれた以上、自分の手で片を付けろ』という意味でカレン達をこの場に召喚したのだろうが、不調を押してまでここに留まるくらいならば、いっそ席を外した方が作戦決行の邪魔にならないのではないだろうか。

「いえ、余計なことは、考えなくても結構」

悪い考えではないはずだ、と思った瞬間、だった。

グッと肩を引かれると同時に、手の中から皿が消える。

「クソ女皇陛下がおいでになったようです」

クォードが低く呟いた瞬間、それまで控えめに音楽を奏でていた楽団が華やかな旋律を刻んだ。ハッと上座を見やれば、一段高くなった場所に置かれた椅子にいつの間にかルーシェが腰掛けている。ルーシェの好みが反映されたシルエットが美しい淡青色のドレスは、決して華美ではないはずなのにこれ以上ないほどにルーシェに映える。

今宵も大粒のアクアマリンのように美しいルーシェにぽけらっと見入っていたら、ルーシェと視線が絡んだ。だがいつも視線が合えば微笑みかけてくれるルーシェが、今宵はカレンと視線が合っても眼差しから冷たさを消さない。

――伯母様？

「一曲踊りますよ」

ヒヤリとした視線にスッと胸が冷える。だがカレンがその理由を考えるよりも、クォードの強引な手がクルリとカレンの体を回転させる方が早かった。反射的にその力に身を任せれば、カレンから回収した皿を給仕係に押し付けたクォードがカレンの右手を取り、反対側の腕を背中に回す。

――えっ⁉　ちょっと、クォード⁉

「残党が動く気配はまだありません。それに、こうやって踊っている間は、他の連中も声はかけられませんから。人避けにちょうど良いでしょう」

優雅なワルツの旋律に身を任せながら、クォードはスルスルと場所を移動していく。押しかけてきた当初、カレンにダンスの練習を押し付けていたクォードは、今日も完璧にカレンをリードしてみせた。おかげで公の場でワルツを踊るのは久しぶりなのに心地よくステップを踏むことができる。

——ホント、厭味な執事サマだこと。

完璧と言えば。

——この会場で飲んだお茶は、美味しくなかった。

カレンはふと気付いた事実に思い至った。

クォードが淹れてくれるお茶は、思えば最初からどれも美味しかった。公爵家令嬢として舌が肥えていて、クォードの仕事にケチを付けたくて仕方がなかったカレンをして『美味しい』としか言わせないお茶を、クォードはいつも出してくれていた。ルーシェとのお茶会で淹れてくれた緑茶も、離宮で食事やお茶会の時間に出されるお茶も、思えばすべてクォードが淹れてくれていた。

——もしかして、前に伯母様の所で飲んだアイスティーが美味しく感じられなかったのも、今この会場で出されているお茶を美味しく感じられないのも、クォードが淹れてくれたお茶じゃないから、なのかな？

クォードのことを認める前から、カレンは無意識の内にクォードの仕事ぶりに関しては一定の評価を与えていたのかもしれない。そのことに今になって気付くとは、我ながら鈍いことこの上ないような気もするけれども。

「クォードが淹れるお茶が飲みたいな」

でも、伝えるのに、遅すぎるということはないだろう。だってクォードは今、カレンの声が届く所に……カレンの傍に、いてくれるのだから。

カレンが思いを声に出すと、きちんと拾い上げてくれたクォードがパチクリと目を瞬かせながらカレンへ視線を向けてきた。そんなクォードの瞳を真っ直ぐに見上げて、カレンは言葉を重ねる。

「美味しいケーキには、美味しい紅茶」

絶品のケーキを口にしていながら真に満足できなかった理由に気付いてしまったのだと、カレンはクォードに伝えることにした。

クッションが手元になくて両手も塞がっている今、カレンは思っていることを声に出して伝えなければならない。常のカレンならばこんな状況に放り込まれたらだんまり一択であるはずなのに、なぜか今は己の口を開いてでも心に思い描いたことをクォードに伝えたかった。

「クォードが淹れてくれるお茶が、一番美味しい」

その『伝えたいこと』が、何でもない雑談であることが、何だかカレンには嬉しかった。言葉が怖いはずであった自分が、クォードとやり取りする言葉は、なぜか心地よいと思うことができる。

「だからさ、さっさと片付けてここから帰ろうよ。クォードも、一緒にお茶しよう?」

「……なん、で」

楽団が奏でる音楽に、詰めかけた人々の声。雑音は自分の周囲にあふれているが、これだけ身を寄せ合っていれば、目の前の人が紡ぐ言葉を聞き逃すことはまずない。

「何で、今、そんな……」

──そういえば伯母様も、ワルツは密談に向いているって言ってたな。

そんなことを思い出したのは、クォードの唇が微かにわななくのを見たからなのか。

あるいは、ひどくかすれた声がカレンの耳に届いたせいだったのか。

──クォード？

一瞬、見上げた先にあるクォードの顔が、泣き出しそうにクシャリと歪んだ。初めて見る表情にカレンは思わず目を丸くする。

足は自然に止まっていた。一拍遅れて曲も終わる。パラパラと拍手が響き、楽団が次の曲を奏でようと態勢を整える。

そのわずかな静寂に導かれるかのように、震えとともに閉ざされたクォードの唇がうっすらと開く。

「カレ……」

「ハァイ、オヒメサマ」

だが結局クォードの唇はギュッと引き結ばれ、言葉が紡がれることはなかった。

その代わりに聞き覚えのない声がすぐ後ろから聞こえる。気配を感じさせなかった接近

に、カレンは反射的にクォードの手を離すと後ろ腰に隠して帯びた短剣を抜こうと構える。

だがカレンの手が短剣を掴むことはなかった。それどころか、離したはずのクォードの腕がカレンの体を拘束するように動き、碌に背後を振り返ることすらできない。

——……え？

「ちょぉっとお付き合いいただくわねぇ、ヨ・ロ・シ・ク！」

野太い声がオネエ言葉で短い挨拶を口にし終わった瞬間、すぐ傍らから耳をつんざくような銃声が響き渡った。その音が少しくぐもって聞こえたのは、天井に向かって銃口を掲げた腕と、カレンを拘束した反対側の腕が器用にカレンの耳を塞いでくれていたからだ。

シャンデリアからガラス片が雨のように降り注ぐ中、夜会の会場は人々の悲鳴に埋め尽くされた。

その混乱の波を切り裂くかのように、乱入者は朗々と口上を述べる。

「お初にお目にかかります、アルマリエ帝国女皇のルーシェ陛下。本日はお招きいただき光栄ですわぁ」

声の方へ視線を向ける。

そこにいたのは、桃色の波打つ髪を左肩でひとつに括って前に垂らしたガタイのいい男だった。カレンのすぐ隣に立った青年は、ニヤニヤと悪戯好きな猫のような顔で笑っている。だがその身に纏う空気はどこか笑顔に反して禍々しい。

「……妾はお前のような者を招いたつもりはなかったのだがのぉ」

しんと静まり返った中に、ルーシェの﨟たけた声は凛と響いた。傍らに控えた侍従を片手で制したルーシェは、椅子から腰を上げることもなく乱入者を冷めた瞳で見据えている。

そんなルーシェの様子に、男はくふふ、と笑ったようだった。

「アタシは『混沌の仲介人』上級幹部のジョナ」

男の名乗りに空気がザワリと揺れる。

だが男は場を埋めた有象無象などには視線もくれない。奥底まで笑みを湛えたヘーゼルの瞳は、ルーシェだけを見据えている。

「アタシ達がオヒメサマの命と引き換えに欲している物はね、『東の賢者』なのよ、陛下。お持ちなんでしょう？」

——『東の賢者』？

聞き覚えのある名前だった。カレンの記憶が確かであるならば、それは伝説の中で語られている、時流系最高峰の魔法具の名前ではなかっただろうか。

——それよりも。

なぜ自分はクォードに拘束されるような事態に陥っているのか。というよりも『オヒメサマの命と引き換えに』とはどういうことだ。『雷帝の御子』とまで呼ばれるカレンを人質に取れると本気で思っているのか。

この一瞬で何が起きたのか、カレンにはサッパリ分からない。

その混乱に拍車をかけるかのように、気道を絞め上げる形で首にクォードの腕が回り、こめかみにゴリッと何か硬い物が押し当てられる感触が走った。カレンが空気を求めてうめく微かな声が聞こえたのか、広間に再び動揺のざわめきが走る。

「歴代最強と名高い陛下でも、後継者にと見込んだカワイイ姪っ子ちゃんの命は惜しいはずよね？」

カレンの視線の先にいるルーシェは、変わることなく凍てついた表情をしている。

その漆黒の瞳が、スイッと微かに動いてカレンを捉えた。

「それが、お前にとっての『利』か」

いや、ルーシェが見つめているのは、カレンではなくカレンを拘束したクォードだ。その証拠に一瞬カレンを拘束した腕が震え、こもる力が緩まる。

だがその腕はカレンが反撃を考えるよりも早く、先程以上の力を取り戻した。

「時を巻き戻し、世界の歴史を書き換え、死した人を呼び戻す、時流系最高峰魔法具。俺は『東の賢者』を手に入れるためだけに、ここまできた。俺の『利』の基準は、全てそこにある」

その言葉を聞いた瞬間、ふと、あの穏やかな午後の光の中で聞いた言葉を思い出した。

『でも、どうしても、俺は……』

——諦めきれなかった、から。

途切れてしまった言葉の先が、不意に分かったような気がした。

だから、なのか。

だからクォードは、提示されたどの条件も蹴って、『ルーツ』へ飛び込むことを決めたのか。

『俺の後見が、陛下だったからな』

伝説の魔法具を用いて、亡き主を蘇らせるために。

『……俺が王宮に留まってりゃ、あんなこと、命に替えても止めてやったのに』

あるいは、時間を巻き戻して、惨劇を阻止するために。

そんな条理に反した大願を、叶えるために。

「一時間以内に『東の賢者』を離宮まで持ってこい。この引きこもり娘の命と交換だ」

カチカチと耳元で響く音で、ようやく自分に突き付けられているのが武装用のリボルバーの方だということが分かった。魔法使いを殺せるという魔銃を、クォードはカレンの急所に、ゼロ距離で据えている。

——何で。

答えなんて、もう分かっている。

それでもカレンは、心の内で叫ぶことをやめられなかった。

――何で……！

「要求に応じない場合、こいつの命はないと思え」

裏切られたとも言えない。

だってクォードは最初から言っていた。自分はカレンを利用するだけだと。

クォードは元々魔法魔術犯罪秘密結社『混沌の仲介人』の幹部だ。迎えが来て、目的にしていた魔法具が手を伸ばせば届く場所にあるのだから、手を伸ばすための策を講じて実行するのは、ある意味当然のことであるはず。

だからこれは当然の結果のうちのひとつ。警戒していなかったカレンが悪い。クォード流に言うならば『悪人失格』というやつだ。

それでも。心の奥底でそこまで理解ができていても。

――私、クォードに『利』を提供できる存在じゃ、なかったの？

カレン達と世界を切り取るかのように燐光が舞う。恐らく転送魔法円と似た理屈を使ってこの場から脱出するつもりなのだろう。逃亡を阻むべく魔法使い達が動いているのが分かるが、恐らくジョナとクォードの方が上手であるはずだ。

乱れ舞う燐光に目を奪われている間に、首にかかる圧が上がった。クラリと感じた目眩に抗わず、カレンは自ら意識を手放す。

――目が覚めたら全部夢でした、とかないかなぁ……

いっそ、次に目を覚ました時には、カレンが皇宮の地下通路を崩落させた所から長い夢を見ていたのだと、笑い話にできてしまえばいいのに。

そんな叶うはずのない願いは、カレンの意識とともに闇の中へ消えた。

　カレンが聞いていた声が幻聴(げんちょう)でなかったのであれば、クォードは『一時間以内に「東の(セダカル)賢者(ツァーニ)」を離宮まで持ってこい。この引きこもり娘の命と交換だ』と言っていたはずだ。さらには『要求に応じない場合、こいつの命はないと思え』とも言っていたと思う。

だが実際のところ、もしかしたら一時間を多少過ぎてもカレンの命は持つかもしれない。

「ちょっとクァントぉ、ここって時計ないのぉ〜？」

「ないことは、俺よりもお前の方が知ってんだろ。懐中(かいちゅう)時計くらい用意しとけ」

「アタシ、いつまでも心は子どもでいたいのよぉ。ここ、皇族所有の離宮なんでしょぉ？　柱時計なり置き時計なり、ひとつやふたつあってもいいじゃなぁい！」

　カレンが意識を取り戻した時、聞き慣れてしまった不機嫌(ふきげん)な声と聞き慣れてしまいたくない野太いオネエ声がそんなやり取りをしていたので。

「そんな不都合を感じるなら、時計がある場所を本拠地(ほんきょち)にすりゃあ良かっただろ」

　そっと己(おのれ)の状況(じょうきょう)を確かめると、カレンは椅子(いす)に座らされた状態で体を縛(いまし)められているようだった。引き千切られないようになのか、見るからに重そうな鎖(くさり)で巻かれて椅子の背に固定されているらしい。案外これくらいの鎖なら身体強化で引き千切れるのではないかと思ったのだが、ご丁寧に魔力封じまでかけられているのか鎖はびくともしなかった。

――こういう時のための『本題』のはずだけど……

カレンは言い合っている二人に気付かれないように、そっと己が置かれた状況を確認していく。

――これじゃ、どのみち使えそうにないな。

「だぁってぇ！　飛ぶなら人が寄り付かない場所が良かったんですものぉ！」

続く言葉にカレンはソロリと周囲を見回した。

石造りの優美なアーチ形の窓にはレースのカーテンがかけられ、淡く月光が差し込んでいた。磨き抜かれた寄木細工の床が差し込む月光を弾くおかげで、視界は思っていた以上に明るい。高めに取られた天井から下がったシャンデリアと水晶による装飾がさらにその光を拡散させているようだった。

ただただ溜め息が出るほどに美しいその空間が、ここ数年使われずに放置されてきたことをカレンは知っている。

――離宮の、水晶の間。

普段カレンが引きこもっている離宮の三階にあるダンスホールだ。確かにここならば掃除にくる人間くらいしか寄りつかない。転送魔法で離宮内の人気がない場所に飛びたかったのならばうってつけだろう。

そんなことを考えている間に、カレンの視線には知らず知らず険が載っていたのだろう。カレンの視線の先にいたジョナがフワリとカレンを振り返る。桃色の髪をなびかせながらカレンと視線を合わせたジョナはニマニマと笑みを浮かべていた。

「あら？　お目覚め？」

一方ジョナの隣に並んだクォードは、ピクリと微かに肩を震わせただけですぐにはカレンを振り返らなかった。クォードがカレンを振り返ったのは、ジョナがカレンの方へ歩を進め始めてからだ。

「ご機嫌いかがかしら？　オヒメサマ」

「……離宮のみんなをどうしたの？」

「あぁらぁ！　まずは臣下の心配？　思っていた以上に君主としての器量があるじゃなぁい！　感心しちゃったぁ！」

カツ、コツ、と革靴のヒールでダンスホールの床を叩きながらジョナはゆっくりとカレンへ近付いてくる。肉食獣が確実に狩れると確信している獲物をいたぶるかのような間合いの取り方だ。

「安心してちょうだい。みぃんな、普段通りに働いてるわ。アタシ達が今ここでこうしていることは、離宮のみんなは気付いていないことなのよ」

——何が『安心してちょうだい』よ。

そんなジョナを無表情のまま見上げて、カレンは内心だけで毒づく。

——つまり『下手に動けば離宮にいる人間の命は保証しない』ってことじゃない。

ダンスホールの中にいるのは、カレン達三人だけではなかった。

広いダンスホールの中には今、明らかにこの離宮の使用人ではない人間がワラワラと散らばっている。何かを準備している者、囁きあっている者、ただ立っているだけの者と様子は様々だが、全員が武装している上に、ダンスホールの所々に爆薬まで積まれているのが見えた。万が一離宮の人間にこちらの存在を覚られたら、即刻離宮を制圧する気であることがパッと見ただけで分かってしまう。離宮の使用人達がこのことに気付いていないのは、何らかの魔法か魔術で気配が遮断されているせいだろう。

「伯母様……陛下は、私情と国政を天秤にかけたりしない」

それでもカレンはひるまなかった。

真っ直ぐにジョナを見据えたまま、ただ淡々と事実を口にする。

「私を人質に取った所で、陛下は『東の賢者』を渡したりしない」

時流系魔法具『東の賢者』。

実在が実しやかに囁かれていたその存在を、カレンは幼い頃に魔法に関する伝承を集めた童話で知った。

そんな伝説の中の存在である『東の賢者』をルーシェが所有しているとカレンは知らなかったが、知ったところで驚(おどろ)きはない。

強大な魔法具……『魔法道具』の域を越(こ)え、ただのヒトでは扱(あつか)えなくなった代物(しろもの)は、世間にあっても人々を不幸にしかしない。そんな魔法具を所有することで己の支配下に置き、それを制御(せいぎょ)することも、強大な力を持つ魔法使いが負う役割のひとつだ。ルーシェほどの魔法使いともなれば、伝説に語られる魔法具のひとつやふたつくらいは制御することができるだろう。

だからこそ、ルーシェが本当に『東の賢者』を所有しているならば、そう易々(やすやす)と誰(だれ)かに譲(ゆず)り渡すとは思えなかった。ましてや相手は国際的に危険視されている魔法魔術犯罪秘密結社『ルーツ』。渡してしまったら最後、彼らが何をしでかすか分かったものではない。

「あらん？　それは分からないじゃない」

カレンは絶対の自信を持って言い切る。だがジョナはそうとは思っていないようだった。

「だってアナタ、次期女皇(じょこう)なんでしょ？　アルマリエ皇族は強大な魔法使いの血筋。そもそも子どもが生まれにくい血筋の中で、さらに力が強い子どもが生まれる可能性って、そんなに高くはないんじゃなぁい？　現に先代女皇はそこら辺の魔法使いに劣(おと)る実力だったって話じゃない。アナタという存在はアルマリエ皇宮にとって簡単に切り捨てるには惜(お)しい存在であるはずよぉ？」

——そこまで知ってるのか、こいつ。

カレンはとっさの切り返しが思いつかなくて口ごもった。ジョナの言葉は、確かにアルマリエ皇族の正鵠(せいこく)を射ている。

「……『東の賢者』を手に入れて、何をするつもり？」

反論が見つからなかったカレンは問いの矛先(ほこさき)を変えた。そんなカレンの内心が読めたのかジョナの笑みが厭(いや)らしく歪(ゆが)む。

「アタシ達『混沌の仲介人(ルーツ・デ・ダルモンテ)』の望みはね、オヒメサマ。魔術の原則を越えることにあるの」

「……魔術の原則を、越える？」

「そうよぉ！　正確に言うならば『魔法と魔術が袂(たもと)を分かつ前の原初領域への回帰』ねぇ！」

魔法と魔術は、似て非なるモノ。だが世界の理(ことわり)に働きかけて不可思議なことを起こす術(すべ)ということに変わりはない。

己の身に流れる魔力の特性を活(い)かし、世界の理を曲げるのが魔法。世界の理へアクセスする鍵(かぎ)として理論式を用い、世界の理を増長・抑制(よくせい)するのが魔術。魔法は無から有を生み出すことができるが属性の縛(しば)りから自由になることは許されず、魔術は属性の縛りを受けないが無から有は生み出せない。

「でもその原則はね、『魔法』と『魔術』だから発生するのよ」

魔法使いならば、あるいは魔術師であるならば、無意識の内に刷り込まれて、疑うことさえしない大原則。

「全て(すべ)がいっしょくただった『始原の混沌』には、そんな制約はなかったの」

「その『始原の混沌』を手に入れて、あなた達は何がしたいの？」

「何がしたいかなんて分からないわぁ。アタシはただそれを素敵(すてき)だと思うだけ。『魔法』も『魔術』も扱う者として、ね」

その言葉が本心なのか、カレンの言葉をかわすための建て前だったのかは分からない。

「もっとも、クァントはそうじゃないみたいだけどぉ？」

そして続いた言葉がカレンの意識をジョナからそらすためのものなのか否(いな)かも、カレンには分からなかった。

「なんたってこの子、『東の賢者(セダカルツァーニ)』を手に入れるためだけに組織にいたようなものだし？」

——知ってる。

その言葉にカレンはギリッと奥歯を噛(か)み締(し)めた。話題の矛先が自分に向いたからなのか、表情がかき消されたクォードの顔が改めてカレンに据(す)え直される。その中から今クォードが何を考えているのか、カレンには読むことができない。

だがそれでもカレンは、クォードがどれほど『東の賢者』を求めてきたのか、その片鱗(へんりん)を知っている。

地位を捨て、栄光に背を向け、人生の半分を投じて。それだけの対価を積み上げて、何を願ったのかを、覚ってしまった。

——クォードが大人しく私の執事に収まって、真面目に私に『利』を出そうとしていたのは、自分が『ルーツ』に切り捨てられて、もう戻れる道がないと思っていたからだ。状況から察するに、その『ルーツ』側からクォードに迎えが寄越されたのだろう。ならばクォードがこう動くのはある意味正しいことではないか。クォードの『利』は全てこの瞬間のためにあったのだから。むしろカレンとの間に積み上げた信頼まで利用してくるなんて、つくづくこの執事サマは優秀だと言ってもいい。

——『この時点でわたくしを信じようなんて、それこそただのおバカさんでございます』、だったっけ。

そうやって、理解できているのに。

——私、案外、『おバカさん』だったんだなぁ……

視界がユラユラと揺れていた。水の中から空を見上げるかのように揺れた視界は、一瞬晴れるとまた水の中に戻る。こんな風に世界が揺れる景色を見るのは、六年前に魔力暴走を起こして以降初めてだった。

悲しい、でもない。悔しい、でもない。怒りでも切なさでもなくて、……自分が何に涙を流しているのかさえ、カレンには分からない。

分からない、けれど。

「いなかったん、だね」

　カレンの言葉になのか。あるいは初めてはっきりと無表情を崩したカレンの表情になのか。

　カレンに視線を据えていたクォードが、ゆっくりと目を瞠った。

「私は、そこに、いなかったんだね……？」

　言葉で、行動でやり合いながらも、いつだってカレンの内心を的確に拾い上げてくれていたくせに。カレンに捧げられる『利』は裏切らないはずだったのに。あの午後の穏やかな時間の中で、一緒に甘味と理論を楽しんでいたくせに。

　大願を前にすれば全てはなかったことになる。最大の『利』を取るためならば、切り捨てられる。

　カレンとのことは、クォードの中では切り捨てられてしまうことだった。

　冷静に考えてみれば、それは理屈で分かること。

　――それでも、私は……

「っ……」

　一瞬、カレンを見つめたままクォードが、何かを口にしようと唇を動かす。

　だが今回もクォードは己の言葉を紡ぐことを許されなかった。

「失礼します」

まったから。

クォードが声を発するよりも先に、突然現れた第三者によって場の空気が変えられてし

不意にドアの開閉音と涼やかな声が空気を切り裂く。それは『ルーツ』側にも不測の事態だったのか、ジョナとクォードの顔が揃って驚きに染まり、バッと視線が声の方へ飛んだ。

「『ルーツ』の方が指定した場所は、こちらで間違いないでしょうか？」

最後にカレンが顔を上げる。

そのままカレンは大きく目を瞠った。

「ご指定通り、『東の賢者』が来てあげましたよ」

うなじでひとつに括られているのにピンピンと気ままに撥ねる焦げ茶の髪。常ならば穏和で知的な色を湛えている焦げ茶に銀が散った瞳は表情をなくして剣呑に細められていた。

長く裾を引く漆黒の衣装はアルマリエ皇宮第一位魔法使いの正装。東方の民族衣装の形が取り入れられた特注の装束は上から下まで漆黒で揃えられており、唯一上着の下に重ねられたベストのボタンホールを彩る懐中時計の金の鎖だけが光を反射している。右肩から左腰へかけられたベルトは、背負った魔導書を固定するための物だ。顔付きは二十歳前の青年に見えるのに、身に纏う空気はどこか浮世離れしていて、極東の神話に出てくる『仙人』を彷彿とさせる。

唐突に現れた青年は、カレンと面識がある人物だった。

「伯父様……!?」

カレンの伯父にして、ルーシェの夫。

アルマリエ皇宮奥深くに引きこもっていて滅多に姿を現さない人物が、なぜか不機嫌を顔一杯に広げてそこに立っていた。

――え？　え？　何で伯父様が？　この一件に伯父様は関係ないはずじゃ……そもそもこの一件以外にも関わり合いになることがないはず……

王配という立場にありながら、セダは一切政には携わっていない。ルーシェ曰く、『セダの興味は妾個人にしかない』とのことで、『女皇』にも『女皇の夫』にもセダは興味がないそうだ。よって対『ルーツ』戦にセダが自分から乗り出してきたとは考えにくいし、セダを溺愛しているルーシェがそんな現場にセダを投入してきたとも考えにくい。『ルーツ』側は唐突に現れたこの青年の立場が分からず困惑しているようだが、セダの立場と背景が分かっているカレンはもっと混乱している。

「いいっ加減、我慢の限界です。これ以上こんな羽虫どもに僕とルーシェの時間を削られるなんて、我慢ができません」

一歩、二歩とダンスホールの中に踏み込んだセダが体に回ったベルトを外す。支えを失った魔導書は鈍い破砕音を立てながら床に落ちた。床に立てて置いた時の上端がセダの胸下辺りまである魔導書（グリモア）は重量も相当あるようで、見事な寄木（よせぎ）細工の床が一部えぐられている。

　ここまで来てようやくセダがルーシェの関係者だと分かったのだろう。愉悦（ゆえつ）の笑（え）みを浮（う）かべたジョナがヒールを鳴らしながら前へ出る。一方クォードはわずかに眉（まゆ）をひそめると一歩後ろへ下がった。

「ルーシェ陛下ったら、やっぱり約束を守ってくれたのねぇ！　さぁ、その魔導（セダカ）……」

「気安く『ルーシェ』って呼ばないでください」

　もしかしたらクォードは、身を堕（お）とされたことで危機察知能力を上げたのかもしれない。

「貴方方の何もかもが不愉快（ふゆかい）です」

　セダの左腕（ひだりうで）がスッと魔導書（グリモア）の上端を撫（な）でる。その瞬間、ポウッと銀の燐光（りんこう）を纏（まと）った魔導書（グリモア）が宙を滑（すべ）り、ひとりでにセダの前でページを広げた。

　瞬間、急激に高まった場の緊張（きんちょう）が一気に弾（はじ）ける。

「離宮（りきゅう）ごとふっ飛ばすとルーシェに叱（しか）られるので、とりあえず穏便（おんびん）に消えてください」

「っ!!」

　――マズい……!!

　カレンの警鐘（けいしょう）が最大音量で鳴り響（ひび）く。とっさに体を跳（は）ねさせたが木製の無駄（むだ）に豪華（ごうか）な椅子（いす）に鎖で縛（しば）り付けられたカレンの体はびくともしない。さらに最悪なことにカレンとジョナとセダの立ち位置がほぼ直線上に並んでしまっている。

「第一章、解錠。第三節から第五節にかけて起動」

──何とかしないと……っ!!

全身を使って椅子を揺すってみるが、魔力対策だけでなく物理対策までしてあったのか、椅子は多少揺れるだけでガタつくことさえない。完璧にカレンの身動きは封じられている。

──詰んだ……!!

ザッと血の気が下がる。

その瞬間、気忙しく自分に駆け寄ってくる足音をカレンは確かに聞いた。

「普段の馬鹿力はどこ行ったんだ引きこもりっ!!」

「対象の時間流を千倍に加速」

カレンの視界が横へ綺麗にスライドする。同時に、銀の燐光が景色を薙ぐように走った。魔導書から浮かび上がった文字とともに景色を引き裂いた燐光が消えた後には、残滓に舞い散る砂と光が走った軌跡に沿ってごっそりとえぐられたダンスホールが現れる。

「な……」

クォードの声がすぐ耳元で聞こえた。見上げればクォードはカレンを庇うように半身をカレンの前に置き、片手を椅子の背に置いて体をひねって光が通り抜けた先を見つめている。どうやら駆け寄ってきた勢いをそのままぶつけてカレンを椅子ごと移動させてくれたらしい。

「あぁ……あぁ……っ！　すっごぉいっ!!」

クォードとカレンが呆然とする中、奇跡的に直撃を免れたのかジョナが恍惚とした顔で歓声を上げていた。

「規定した範囲の時流を千倍に加速させたのねぇっ！　たったそれだけの呪文でっ！　すごい！　すごいわぁっ!!　その魔導書……『東の賢者』があれば、こんなに簡単にそんなことができてしまうのねぇっ!!」

――時流を千倍に加速？　それって、つまり……

遅まきながらあの一瞬で何が起きたのか理解したカレンは、全身から血の気が引くのを感じた。

――あの砂は、劣化して風化した、ダンスホールの成れの果てなんだ。

ダンスホールだけではない。どんな物でも、どんな人でも、あの燐光に巻き込まれたらああなってしまうのだろう。悠久の時の流れに放り込まれたら最後、容赦ない流れに抗えるモノなど何もないのだから。

間違いなく、一撃必殺。

魔力をぶつけて相殺しようにも、セダが操る魔法は『時流』を司る。どんな魔法を以て相対しようとも、セダは時流を操って効力を無効化できてしまうのだから打つ手がない。

「あぁ、欲しい！　欲しい!!　欲しいわぁっ!!」

その悪条件をジョナが理解できていないとは思えない。だというのに野心にあふれる秘密結社の上級幹部は興奮に顔を歪めていた。

「寄越しなさいよ！　その魔導書!!」

ジョナの体が跳ねる。それに相対するセダはただ軽く腕を振るっただけだった。たったそれだけでまた全てを無に帰す時流の刃が走る。

「ざぁんねぇん」

確かにその刃がジョナを捉えたように見えた。だが笑みとともに叫んだジョナはセダの死角を衝く位置から姿を現す。身体強化と一種の時流魔術を使っているのかもしれない。

「これはいただいていくわぁ！」

「魔導書程度、いくらでもどうぞ？」

伸びたジョナの手がセダの眼前に浮かぶ魔導書を摑んで己の腕の中に引き寄せる。

「貴方、何か勘違いしているようですが」

目的の品を手に入れたジョナの顔が笑みに歪む。だが悪魔のような笑みを見てもセダの冷めた顔は微塵も動かなかった。

「魔導書は、貴方が要求してきた『東の賢者』ではありませんよ？」

パチンッとセダの指が鳴らされる。その瞬間、ジョナが腕に抱きしめた魔導書はボッと炎(ほのお)を上げて燃え上がった。セダの時流刃(ば)をかわしきったジョナもさすがにこれは予想外だったのか、ジョナの全身は一瞬で炎に包まれる。

「あああああっ!!」

「っ⁉」

なぜかその瞬間、カレンを庇ったクォードの体がビクリと跳(は)ねた。まるで予期せず背中に焼き鏝(ごて)を押し当てられたかのように。

「……っ、ぁ……っ⁉」

カレンが慌(あわ)ててクォードを見上げると、クォードの顔は苦悶(くもん)と驚愕(きょうがく)と疑問で歪んでいた。なぜ自分がこんな反応をしているのか自分でも分からないといった顔だ。

――クォード？

「ちょっと！　この魔導書(グリモア)が『東の賢者(セダカルツアーニ)』じゃないって言うなら、なんだってのよっ!!」

カレンは疑問と不安を混ぜてクォードを見上げる。

その向こうで怒号(どごう)が響き渡(わた)った。

「アンタさっき『東の賢者(セダカルツアーニ)』を持ってきたって……っ！」

「言葉は正しく聞き取ってください。僕は『持ってきた』とは言っていません」

炎に巻かれたものの一瞬で鎮火(ちんか)に成功したのか、ジョナは思ったより軽傷で済んでいた。

纏(まと)う衣服も桃色(ももいろ)の髪(かみ)も盛大に焦(こ)げているが、特に大きな損傷もなく目をギラつかせてジョナはセダと相対している。

「僕は、『「東の賢者」が来てあげた』って言ったんです」

そんなジョナを前にしても、セダの表情は変わらなかった。むしろ今の方がセダは冷めた瞳をジョナに向けている。『まだ分からないのか』と言いたげなセダの瞳に宿っているのは、虫ケラを見るかのような蔑みだった。

「分からないならば、懇切丁寧に教えて差し上げましょう」

それでもセダは、ジョナに向かって優雅に一礼してみせた。流れるような所作はアルマリエ皇宮魔法使いの礼儀作法に則った儀礼式だ。

「僕の名前は、セダカルツァーニ・エドアルフ・ロッペンチェルン」

所作はどこまでも美しくこの上なく完璧なのに、ここまでありありと相手を見下す礼が取れるのかと、惚れ惚れしてしまうような一礼だった。

「アルマリエ帝国第十八代女皇ルーシェ陛下の夫にして、ルーシェ・コンフィート・オズウェン・アルマリエに所有される魔法具。アルマリエ皇宮第一位魔法使いにして、極東において我が名を知らぬ者はない魔術師。始原の混沌を友とし、時流に遊ぶ者」

優雅な挙措で頭を上げたセダは、その優雅さにあまりに似つかわしくない冷たい瞳で世界の全てを睥睨する。

「そんな僕を指して、人は僕のことを『東の賢者』と呼びます」

一瞬、セダの声に怯えたかのように世界から全ての音が消える。

そんな静寂を破ったのは、やはりと言うべきか、熱に浮かされた男の声だった。

「まさか……アンタ、生ける魔法具……っ!?」

生ける魔法具。それはヒトの規格に収まらなくなった魔法使いにつけられる、畏敬の名であり蔑称だ。歴史の中には何人か、『生ける魔法具』と呼ばれた魔法使いが存在している。

——ううん、『歴史』じゃない。『伝説』だ。

セダが本当に『生ける魔法具』……『東の賢者』であるならば、セダははるか伝説の舞台となった時代からこの世界に存在しているということになる。

——伯母様が伯父様を表に出さないはずだ。

ルーシェは恐らくセダの素性を隠匿するために、意図的にセダを表に出してこなかったのだろう。

——だって伯母様は、一人の人間として、伯父様のことを深く深く愛しているから。

同時に、なぜこのタイミングでセダがここに乗り込んできたのかも理解できてしまった。

セダは単純に『ルーツ』の存在が邪魔なのだ。『東の賢者』を求めて『ルーツ』が暗躍しているせいで、ルーシェが対策に時間を取られ、セダと一緒にいられる時間が減っていたに違いない。ならば原因になっている自分が乗り出して、とっととルーシェの手を煩わせている羽虫を叩き潰した方が効率的で一番早くて効果的、と考えたのだろう。あまりセダとは接点がないカレンだが、普段ルーシェから嫌になるほどセダとの惚気は聞かされているので、セダが考えそうなことは何となく分かってしまう。

——それでも伯母様が何とか抑えてたと思うんだけど……

不意に、ルーシェがカレンとクォードにハイディーン行きを命じた時のことが脳裏を過ぎった。

あの時ルーシェは国政と夫の甘やかしを同列に語っていたが、あれはルーシェの我が儘や惚気の類ではなく、真実ルーシェがきちんと時間を作ってセダを構わなければ国家存亡の危機であったという意味だったのだろう。

そして今、セダはその抑えを撥ね除けて前線に出てきてしまった。現に先程本人も口にしている。『いいっ加減、我慢の限界です』と。

——そんな実力者が本気でキレたら世界が終わる……‼

「うふっ、あははは‼　サァイコォ～‼」

カレンは事態の深刻さに血の気を失ったままガタガタ震える。だがやはりと言うべきか、ジョナは一切恐怖を見せずに笑い始めた。その場違いな笑い声にカレンはさらに体を震わせる。

「アタシ、ますます『東の賢者』が欲しくなっちゃったわぁっ！」

「僕はルーシェ以外に所有されるつもりはありません」

「略奪愛ってことぉ？　興奮しちゃうっ!!」

ジョナは高く掲げた指をパチンッと鳴らした。それを合図に部屋に散らばっていた人間が統制の取れた動きでセダの包囲に乗り出す。ある者は武器を構え、ある者は魔力を放ち、ある者は仕掛けられた爆薬を起動させる。

「面倒くさい」

だがその全てが、セダには無効だった。

「もういっそ叱られてもいいから、離宮ごと全部更地に還そうかな」

軽く、右腕を一振り。その軌跡に銀の燐光が舞う。

たったそれだけで、ダンスホールにひしめいていた人間の大半が消えた。今度はどれだけの時流に揉まれたのか、残滓の砂すら残さずに人も物も掻き消える。雑多な人間が発動させようとしていた魔力の痕跡さえ、時間流に喰われて消えていた。

ダンスホールの空気を恐怖が染め上げる。カレンが初撃で感じた恐怖をやっとそれぞれが理解したのか、残された人間は各々がジリッと体を下げた。

そんな中でジョナだけが好戦的な笑みとともにセダに躍りかかる。

「そうこなくっちゃあっ!!」

ジョナの手にはいつの間にか大振りのナイフが握られていた。その刃をジョナは一切躊躇うことなくセダへ振り下ろす。セダは体を捌いて刃を避けると指先をジョナへ向けた。

その指先から光の弾丸が撃ち出されるが、ジョナは被弾しても一切動きを止めずにセダに斬りかかり続ける。

「っぁ……!!」

代わりに、またクォードの体が跳ねた。まるでクォードの方がセダの攻撃を浴びているかのように。

――どうなってるの？　一体何が起きてるのっ!?

「そ……ゆー、こと、かよ……っ！」

カレンは混乱とともに息を詰めてクォードを見上げる。だがクォードはカレンに表情を見せるよりも早くカレンの後ろに回った。椅子の背面で纏めて縛り上げられていたカレンの腕がグイッと無理やり左側へ寄せられ、カレンの肩に痛みが走る。

「いっ!?」

「一瞬耐えろ」

突然の暴挙にカレンの呼吸が引き攣れる。その瞬間、耳をつんざく爆音と衝撃が走り、両手を拘束していた圧が消えた。同時に全身を巡る魔力と世界に流れる魔力が同期を始める。

――クォード……？

振り返ると、カレンの背後に立ったクォードは片手にリボルバーを携えていた。その銃口から薄く硝煙が上がっている。どうやらカレンを縛り上げていた鎖と魔術を魔弾で破壊して助けてくれたらしい。

「後はご自身でどうにかしてください。わたくしはもう、貴女様が行く先へお供をすることはできかねますので」

　見上げた先にあったクォードの顔には、何かを吹っ切れたような笑みが浮かんでいた。その唇の端から一筋、鮮血がこぼれ落ちる。よく見ればダラリと下げられた左腕の先にはめられた白手袋はジワリジワリと赤く色を変えていた。

「っ……!?」

「さっき貴女様は、わたくしの中に貴女様はいなかった、というようなことを仰っていましたが」

　どう見ても大丈夫ではない出血量にカレンの顔から血の気が引く。思わずカレンはクォードに手を伸ばしたが、カレンがクォードに触れるよりもクォードが一歩体を引く方が早かった。

「そんなことは、ございません」

　言葉にされなくても伝わった柔らかな拒絶に、カレンは愕然とクォードを見上げる。その先で、クォードは状況に似つかわしくない柔らかな顔で笑っていた。

「そうだったならば、もっと割り切って振る舞うことができました」

──どういう、意味なの。

今こそ己の口を開かなくてはならない時だと分かっているのに、唇は細かく震えるだけで少しも動く気配がない。一方クォードはいつも何だかんだと言葉を発するタイミングを逸していたくせに、なぜかこの瞬間だけはクォードの言葉を遮るものが何もなかった。

「貴女様に仕えていた日々は、今から思い返せばわたくしの人生の中で一番穏やかな日々でした。こんな人生も悪くはないと、心の底から思っていました」

パタパタと、クォードの体の端々から鮮血が滴っていく。戦いに巻き込まれていないはずであるクォードが、まるで最前線に放り込まれているかのように命を削られていく様が可視化されている。

それでもカレンに向かって言葉を紡ぐクォードは、今までの中で一番安らかな顔をしていた。

「許されるならばずっと、あの穏やかな午後の中にいたかった」

言葉が終わると同時にクォードの体が跳ねる。今度は左肩から血がしぶいた。黒い燕尾服のせいで分かりづらいが、今のクォードは間違いなく満身創痍の状態だ。

──どうして⁉　クォードは攻撃なんて受けていないはずなのに……っ‼

「じゃあな、カレン。お前は生き延びろよ」

カレンの思考回路が現実に追い付くのを、クォードは待ってくれなかった。

笑みと、初めて名前を呼んでくれた声だけを残して、クォードは踵を返す。リボルバーを片手に駆け出したクォードの先にいるのは、激しい攻防を繰り広げているセダとジョナだ。

「っ！」

カレンが上げようとした声はクォードが引き金を引いた銃声によって掻き消された。放たれた魔弾をセダは首を傾けて避ける。その隙にジョナが斬り込み、さらに魔術を繰り出していく。

「……なるほど、『反射』の反転先をクォードさんに設定することで、全ての負荷をクォードさんに転嫁しているわけですか。東洋の呪術である『形代』の応用ですね？　僕から見ても趣味が悪い理論式だ」

セダの攻撃を何発喰らってもジョナは大したダメージを受けていないようだった。だがその分クォードの体が傷付いていく。後衛からジョナの掩護をしているクォードは、変わることなくセダの攻撃にさらされていないというのに。

その謎を、セダは瞳をすがめただけで解き明かした。対するジョナも見破られたからといって焦りは見せない。むしろ嬉しそうにニマリと唇の端が吊り上がる。

「だぁ～いせぇ～いかぁ～い！　アタシが負ったダメージは全部クァントが肩代わりしてくれるの！　だからアタシにどれだけ攻撃を喰らわせてもム・ダ！」

ジョナはこれみよがしにセダが放った光弾を浴びる。その瞬間、ジョナのはるか後ろにいたクォードの体が激しく痙攣し、ついに膝が折れた。

──クォード！

「ほぉら！　こんなに攻撃を喰らっても、アタシはぜぇ〜んぜん大丈夫っ！」

カレンは考えるよりも早くクォードに駆け寄っていた。膝をついてクォードの肩と背中を支えるように触れれば、手には湿気た感触が伝わってくる。どうして今まで重たい魔銃を握りしめて立っていることができたのか、クォードは今や全身血塗れの重傷人だった。ゼェゼェと繰り返される呼吸音は明らかに肺を損傷した人間のそれだ。

──このままジョナが伯父様と戦い続けたら……！

「アタシってば天才！　無敵じゃない？　クァントが『ルーツ』に入った頃から、事あるごとに『組織への忠誠を示す儀式だ』って言い含めて色々飲ませて仕込んできたのよぉ！　キャア！　アタシったら先見の才ありまくりぃっ！」

「でもそれは、クォードさんという反転先がある間だけ、ですよね？」

邪気しかないのに無邪気な声ではしゃぐジョナの言葉を、セダの冷めた声が叩き折る。

「そうだけど、それがなぁに？　反転先がなくなるってことは、クァントが死ぬってことよ？　さすがにアンタもそれが分かっていながらアタシを攻撃し続けることなんてできないでしょ？　たとえアンタがクァントを切り捨てるっていう判断をしたとしても、オヒメサマはそんな判断、できないでしょうね？　全力でクァントを庇って……」

「それが、どうしたって言うんですか？」

「……は？」

その変わることのない冷たさに、初めてジョナの顔が凍りついた。

「だから、それがどうしたのかと言っています。クォードさんを消せば貴方も消せるのでしょう？　僕の邪魔をしてくるならカレン様も消せばいい。ただそれだけです」

「……は？　アンタ、それ……本気で言ってんの？」

低くなった声音はただ不機嫌が滲んだだけのようにも聞こえる。

だがジョナの顔を見れば、嫌でも分かった。

「血の繋がりがないとはいえ、オヒメサマはあんたの姪っ子でしょっ⁉　次期国主候補なんでしょっ⁉　そんな人間を、ゴミを片付けるみたいに……っ‼」

「ゴミですよ、僕にとっては」

恐怖。

今初めてその感情を知ったかのような。獣の本能しかなかった中に、初めて恐れを刻み込まれたかのような。

そんな顔を、ジョナはさらしていた。

「僕とルーシェの時間を邪魔する存在は、誰であろうと、何であろうと、ゴミでしかない。

この世に存在する価値すらない害悪なんです」

対するセダはどこまでも淡々としていた。そこにはもはや何の感情も宿っていない。それをぶつけられたこちらが、もはや何も思うことができないくらいに。

ただカレンには、セダがそう口にする感情が、心よりも深い根っこの部分で分かってしまった。

まだまだ若輩者だけど、カレンだって高位魔法使いの端くれだから。何よりも大事な存在に心の真ん中を占拠されてしまったら、自分だってこうなってしまうのだということは、理屈ではなく本能で分かる。

だから、体の震えが止まらない。

セダが心の底から、イチミリの嘘も加飾もなくそう思っていることが、分かってしまったから。

「……っ」

不意に、トンッと肩を押された。ハッと我に返れば、赤と白の斑に染まった手袋に包まれた手が、カレンを払いのけるかのようにカレンの肩を押している。もうほとんど力が入っていない手は、カレンを完全に押しのけることができずにズルリと滑って落ちた。

「……げ、ろ………」

だが黒髪と銀縁メガネの隙間からカレンを見上げる漆黒の瞳は、いまだに光を失っていない。

「に、げ……ろ……」

その瞳に宿る感情と吐息に混ざる微かな声で、カレンはクォードが何を伝えようとしているのかを知る。

——お前だけでも、逃げろ。

クォードは、カレンにそう言っているのだ。

セダが本気で自分達を消し飛ばそうとしていることも、そこにカレンがいてもセダは気にせず実力行使に出るのだろうということも、クォードは理解できている。だからクォードはカレンだけでも逃がそうとしているのだ。自分がここで尽きることを覚悟してしまっているのは、ジョナがクォードに仕込んでいた魔術を自力で解くことはできないと諦めてしまっているからなのか、はたまたここまで来ても引けない意地がクォードの中にあるせいなのか。あるいはこの怪我ではもう助からないと思っているのかもしれない。

——そんな……っ!

カレンの立場を考えれば、迷うことなく逃げるべきなのだろう。カレンは次期国主候補で、クォードは国家反逆罪を二回も犯した大罪人。むしろカレンは積極的にセダに協力するべきなのかもしれない。

それでも。

「それでは、さようなら」

セダが右腕を軽く振るう。ブワリと舞った銀の燐光は恐怖に凍りついた反逆者達を容赦なく飲み込もうと顎を剝く。

「行け……っ！」

クォードが魔銃を構えながらもう一度カレンの肩を押す。カレンはその手を避けることができなかった。

──それでも、私は……

だから代わりにカレンは、キュッと唇を噛み締めた。

「⁉　おい……っ！」

ガリッと、ブーツの高いヒールが寄木細工の床を蹴る。クォードの力に逆らわず体を翻したカレンは、ドレスの裾を乱しながらクォードを庇うように前へ躍り出た。

片手を床について体を支えると同時に、己の魔力を最大出力で展開する。

「っ、ラァァァアアアアァッ‼」

密度を増した紫雷色の魔力は壁を築き上げながら銀の燐光とぶつかった。高密度の魔力同士がぶつかったことにより空間が歪み、境界線から双方向に向かってダンスホールが崩壊していく。

「お前っ、何して……っ‼」

強烈な衝撃に五感が歪む。だがすぐ後ろから聞こえてきたか細い声だけはカレンの耳に届いた。

だからカレンは腹の底から、感情の全てを叩き込むように絶叫する。

「クォード・ザラステアッ‼」

初めてその名前を己の声で呼んだカレンに、クォードが雷に打たれたかのように喉を震わせる。

だがその衝撃は続いた言葉に消し飛ばされたようだった。

「カッコつけてんじゃないわよ、押しかけ執事の分際でっ‼」

「はぁっ⁉」

「気に入らないって言ってるのっ‼　あんたはあんな儚く笑う人間じゃないでしょっ‼」

魔力放出に全力を注がなければいけない中、こんな大絶叫を上げ続けるなんて非効率極まりない。燃費が悪い自分はこれだけでも消耗してしまうとカレンだって分かっている。

それでもカレンは、己の内に滾った激情を吐き出すことをやめたりしない。

「あんたは私に利用価値を示すって言った‼　私はまだあんたを利用しつくしてないっ‼　あんたの価値はこの程度で消し飛ばされていいものじゃないでしょっ⁉　私の目利きは確かなんだからっ‼」

利用価値。そう、最初はクォードから向けられる『利』という言葉が、気に食わなかった。

今はその言葉が、嫌いではない。でも、嫌いではないけれど、改めて口に出してみると、少し何かが違うような気がする。

――私にとって、クォードっていう存在は……！

叫んでいる間にも銀の燐光は紫雷色の壁をジワリと押し込んでくる。その感触に冷や汗が浮かぶのを感じながらも、カレンはグッと意識を集中させながら叫び続けた。

「クォードは私の執事なんだからっ!!」

気に食わないのは変わりがなくて。

でも頼りになることは仕方がないから認めてやろう。優秀だということもついでに認めてやってもいい。体裁を取り繕わずに心のままに言葉を投げ合える関係性は、心地よいとも思っている。

失いたくないと、思ってしまった。

自分の立場とか、責務とか、そういうものと天秤にかけた時に、クォードの命を取ってしまうくらいには。

でもそれを素直に口に出してやるのは、こんな場面でも癪だから。

「従者を助けるのは主の役目なのよっ!!　だってのにあんたが勝手にこんな所で野垂れ死ぬ覚悟を決めちゃうなんて無責任にも程があるっ!!」

「は、はぁっ!? 何ムチャクチャ言って」

「クォードがいなくなったら、誰が私の隣に並んでくれるっていうの!?」

いつぞやか、ルーシェが言っていた。『お嬢の隣に並べるならば執事が良い』と。

だからカレンの隣に唯一並べるのは執事であるクォードだけなのだと、カレンは叫ぶ。

「クォードは私にとって必要な人間なんだから格好つけて勝手に死のうとするんじゃないわよ!! 格好つけたいなら、切った啖呵が真実であったと証してから散りなさいよねっ!!」

いよいよ聴覚がやられ始めたのかもしれない。クォードの言葉が途中で途切れたまま、続きが聞こえてこない。

その代わり、グッと肩に力がかかった。反射的に後ろを振り返りそうになった瞬間、血に染まった指先がカレンの足元へ伸びる。

――何を……

カレンの視界の端で、伸びた指先は震えながら寄木細工の床に己の血で何かを書きつけていく。命の限界が近いことを感じさせない素早さで書きつけられていくのが自分も知っている単語であることを理解したカレンは思わず目を瞠っていた。

――これ、『反射』の理論式……!

同時にクォードが意図するところを察したカレンは、片手を前へ差し出したまま、体を支えていた手を伸ばしてくずおれそうなクォードの背中を支える。触れた指先からクォードへ魔力を流し込むと、鮮血に塗れたクォードの口元が綻んだのが視界の端に映った。

――強度は最高値。出力も規定内最強。

手早く理論式を書き上げたクォードは、最後にその傍らに片手を置く。その手から流し込まれる力を受けて、理論式が淡く黄金色の燐光を纏った。

「『共鳴せよ』っ!!」

その瞬間、クォードの絶叫が轟く。

「『我は汝に多重の解を望む』っ!!」

次いでカレンの手が理論式を挟んで反対側の床に叩きつけられた。カレンの魔力を吸い上げた理論式は、黄金色の中にさらに淡紫色の燐光を纏わせると眩い光を放ちながら視界一面に展開される。同時にカレンは銀の燐光とかち合わせていた魔力の出力をわずかに下げ、競り合っていた壁を後退させる。

理論式の壁と銀の燐光が、直に競り合う。

その瞬間、今までとは違う圧がカレンの腕にかかった。体が直に軋みを上げるような圧にさらされる中、カレンの肩に置かれた手に力がこもる。

その手に宿る熱が、カレンの背中を押してくれる。

「っ、あああああっ!!」

カレンは意識を集中させると理論式に渾身の魔力を流し込んだ。魔法を使う時と遜色のない出力に理論式が焼けつきそうになるのを、クォードの魔力が全力で制御してくれているのが分かる。そこにさらにセダが放った力の圧と、その力を跳ね返そうと作用する理論式の圧も加わり、もはや何の力が自分達を痛めつけているのかも分からない。

──お願い、保って……！

思わずギュッと目をつむった瞬間、フッと体にかかっていた圧が消えた。一瞬、聴覚から音が消え、次の瞬間轟音と衝撃が体を揺らす。

「っ……！」

恐る恐る目を開くと、自分達に迫っていた力の暴力は綺麗に消えていた。セダの背後にあった壁が消し飛ばされて夜空が見えている所から察するに、どうやら発動された理論式の作用により、カレン達を消し飛ばそうとした力は無事に跳ね返されたらしい。カレンとクォードの全力を以てしてギリギリ打ち勝てたのか、一撃を跳ね返しただけで限界を迎えた理論式はカレンが呆然と顔を上げる目の前で儚く砕けて消えていく。

「やっ、た……」

思わずカレンはその場にペタリと腰を落とした。

魔法と魔術の融合。カレンがクォードの手を借りて開発していた『本題』。

その本質は『魔術破りの魔法』だ。カレンが残党狩りのために用意していた『本題』は魔法円の形をとっていたが、使っている理屈は今クォードの理論式で展開したものとほぼ同じである。

——『本題』は、使えた。でも、こんなことで安心なんて、してられない。

これで全てが終わったわけではない。あくまで二人は目の前の脅威を打ち払っただけだ。反射された力をどう凌いだのか、セダは軽く目をすがめたまま悠然とその場に立っているし、ジョナもジョナで無傷とは言わないもののいまだに戦う気持ちが折れていないのは雰囲気で分かる。

——どうすれば……！

状況は相変わらず絶望的だ。だがカレンは奥歯を噛みしめるとゆっくりと腰を上げる。その傍らでクォードも顔を上げているのが分かった。死に瀕していても、自分達の心はまだ折れていない。

——伯父様に打ち勝つのはどう考えても不可能。何とか伯父様の攻撃をあいつの方へ向けて相殺する方向で……

「お待ち」

カレンとクォードまでをも敵とみなしたのか、セダはついっと瞳に険を載せると右手を微かに動かす。

その瞬間、凛と空気を叱咤する声がダンスホールに響き渡った。その声に誰よりも早くセダが顔を振り返らせる。

「ルーシェっ⁉」

セダの声が驚きを以て声の主の名を呼ぶ。その呼び声に応えるかのようにカツリ、カツリと優美な足音が響き渡った。

カレンは全身の力を集めて何とか音が聞こえる方向へ首を巡らせる。

その先に、淡青と漆黒を引き連れた麗人が佇んでいた。

「……伯母様」

ドレスと同じアクアマリンに似た燐光とモヤのような漆黒の影を引き連れて現れたルーシェは、廃墟のごとく荒れ果てたダンスホールを物ともせず優雅に歩みを進めていた。よく見ればルーシェの体にまとわりつく影がルーシェの足元に道を形作っている。ルーシェの行く道を恭しく作り出す影は、まるで姿なき従僕のようだ。

『混沌』。それがルーシェの魔力属性であり、あの影の正体。人の目に映り込むほど密度が高い魔力がルーシェからこぼれ落ちているせいで、魔力を解放したルーシェは影を引き連れているように見えるのだという。

「ルーシェ、あのね、これはね……っ！」

漆黒の瞳の中にアクアマリンの燐光を散らしたルーシェは、周囲を威圧しながらも優雅にセダに向かって歩を進める。そんなルーシェの様子から何かを察したのか、セダは分かりやすく焦りを顔に浮かべるとワタワタと両手を動かした。先程までの兵器じみた無人間っぷりは一体どこへ放り出してきたのか、今のセダはどこからどう見ても外見年齢相応の青年に見える。

「そ、その……っ」

ルーシェはセダの目の前でピタリと足を止めた。ルーシェはセダに対して頭半分ほど背が低いから、近距離で立つとルーシェは軽く顎を上げてセダを見上げることになる。

「……ルーシェ？」

そうやってセダの顔を見つめること数秒。

不意にパンッと小気味いい音がダンスホールに響き渡った。セダの頭が衝撃に揺れ、カレンが息を呑む音がわずかに漏れる。

「セダ、妾はお前に言うたはずじゃ。前線に出てはならぬとな」

予備動作を一切見せず、そして躊躇いも一切見せずにセダの頬を引っ叩いたルーシェは、淡々とした声で言い放った。逆にその声の静けさがルーシェの怒りの深さを表しているような気がして、カレンの体からはザッと血の気が引いていく。

「妾の『待て』をお前は承知したのではなかったのかえ？　だというのに妾に無断で皇宮を抜け出し、単身最前線で暴れまわるなど……！」

「ル、ルーシェ……！」

「妾の心遣いを無にするなど、さすがに妾も怒ったぞ。しばらく妾は部屋に戻らぬからな」

「えぇっ!?」

「妾は執務室で休む。食事もお茶も別室じゃ。妾との約束を破って勝手なことをするセダは、しばし独り寝を楽しむが良い」

「そっ、そんなぁっ！」

——え？　夫婦喧嘩？

ルーシェに左頰を張られたセダは当初いきなりの暴挙に呆然としていたが、ジワジワとルーシェの怒りの深さを理解したらしい。恐怖に近い畏敬の念を抱かせた『東の賢者』は本当にどこに捨ててきたのか、ルーシェに叱られるセダは大人げなく本気で涙ぐんでいる。

「ごめんっ！　ごめんなさいルーシェっ！　僕、どうしても我慢できなくて……っ！」

「もうセダの『ごめんなさい』は聞き飽きた」

「許して！　お願いっ!!　別室なんてヤダよぉっ!!　ルーシェに会えないなんて耐えきれないっ!!」

「プンッ」

「ル～シェ～っ！」

——伯父様は伯母様との時間を取り戻すためにわざわざ出てきたわけだから、当の伯母様に『家庭内別居』を切り出されたら本末転倒だよね……

カレンは状況も忘れて思わず二人の夫婦喧嘩をポカンと静観してしまった。怒ったルーシェにセダがひたすら謝り倒すという構図なのだが、とにかく二人の実力と今の姿のギャップが激しくて眩暈がしそうだ。

「……夫婦喧嘩、してる場合じゃ……ねぇ、だろ……」

だがそんな呆気に取られている暇など、本来の自分達には存在していない。

「クォードっ！」

ボソリと呟いたクォードがズルズルと床にくずおれていく。先程の魔術展開で持てる力を出し尽くしたのか、クォードはもはや息をしているのもやっとという状態だった。体勢を整えることもできず、クォードはそのまま突っ伏すように床に倒れ込む。

「しっかりしてクォード！　今、何か……っ！」

魔力の使いすぎでうまく動かない腕を伸ばし、カレンは何とかクォードに楽な体勢を取らせようと力を込める。そんなカレンの様子に気付いているのか、クォードが微かに乾いた笑い声を上げた。

「もう、いい……限界、だか……ら」

ネチャリと、生温かいものがカレンのドレスを濡らす。それが何であるのかをカレンはあえて見なかった。

うつ伏せで倒れ込んだクォードの体を必死に転がして、左半身が下になるように横向きにさせる。気道の確保のために体を転がす間も、カレンが触れるたびにジワリとクォードからは赤が滲んだ。

「はっ……淑女たる者、汚れ物に……気安く、触ってんじゃ……ね……」

「クォードっ！　喋っちゃダメっ!!」

恐らくカレンがセダとしのぎを削っている間も、ジョナのダメージを転嫁させられ続けたクォードの体は損傷し続けていたのだろう。どんな時でも光を失わなかった漆黒の瞳が今、光を失いつつある。

「クォードっ!!　ダメッ!!　しっかりして……っ!!」

――このままじゃ本当にクォードは……っ!!

カレンの背筋を氷塊が滑り落ちる。

その瞬間、場違いなくらいに呑気な声がカレンの耳に飛び込んできた。

「……セダ、どぉーしても妾との別居が嫌なら、今ここで妾のワガママを叶えてくれるか？」

人の命が消えかかっているというのに、ルーシェとセダはいまだに夫婦喧嘩に勤しんでいたらしい。あまりに空気を読まないその会話にカレンの中に苛立ちが生まれる。

だが最強国主夫妻はカレンの胸の内など気にしてはくれない。

「ゆ、許してくれるのっ!?」

「妾の『お願い』を聞いてくれるならば」

「いくらでも聞く！　何をすればいいの？　こいつらを全員消す？　『ルーツ』が結成さ

れる前の時代まで飛んで結成を阻止する？　そもそも揉め事の種が生まれないように魔法と魔術の根本を変えようか？」

「あれとクォードの間に展開されているという厄介な術式を解除して、ついでにクォードを全回復させてやっておくれ」

だがその苛立ちは、続けられたルーシェの言葉に消し飛ばされた。

ルーシェの言葉にカレンはノロノロとルーシェを見やる。そんなカレンに流し目を送ったルーシェは、カレンと視線が合うとパチリと片目をつむってみせた。

「お前ならば、あれに向けた攻撃が全てクォードに転嫁されてしまうという術式の理屈を理解できているのであろう？」

「えぇ……？」

セダはルーシェの言葉に分かりやすく顔をしかめた。『面倒くさい』というのと『ルーシェとの時間を邪魔した原因をなぜ助けなくてはいけないのか』という感情がありありと滲んだ顔だ。

「言うておくが、それ以外の条件での和解はないからな」

「えぇぇ……できないことは、そりゃあないけどさぁ……」

セダの視線がどこかへ飛んだ。視線の先には床に突き立てたナイフにすがって体を支えたジョナがいる。クォードが死に瀕している今、ダメージを完全に減らすことはできていないのか、ジョナもそこそこに消耗しているようだった。だがそのダメージはあくまで『そこそこ』であって、ジョナの野心にギラついた瞳から闘気は消えていない。

「『反射』と僕の魔力は相性が悪いんだ。時の流れに反射は関係ないもの」

「では、妾の魔力をセダが使うというのはどうじゃろうか？」

そんなジョナの様子にルーシェは気付いているはずだ。それでもルーシェはセダだけを見つめ、柔らかく微笑む。

ルーシェだけを見つめているセダには、死に瀕するクォードも、それにすがるカレンも、いまだに諦めていないジョナも、最初から見えていない。そして『最愛の妻が隣で笑っていてくれれば世界が滅びようが興味がない』と公言してはばからない『生ける魔法具』は、目の前で微笑む妻にあっという間に機嫌を良くした。

「すごいね！　それはいい！　うん、ルーシェがそう望むなら、叶えてあげるっ！」

「そうか、では」

セダの手がダンスに誘うかのようにルーシェへ差し伸べられる。ルーシェはその手に己の手を重ねるとスルリとセダの懐へ入り込んだ。セダの空いた腕がルーシェの腰を引き寄せ、後ろから抱きしめられる形でルーシェはスッポリとセダの腕の中に収まる。

セダはその状態に満足したかのように瞳を細めるとスッと息を吸い込んだ。

そして開かれた唇から『歌』が流れだす。

「────────っ！」

それは、言葉の形を成していなかった。『音』や『歌』としか形容できない音の波。アクアマリンの燐光を纏う深い深い響きを持つ『歌』は、聞くモノ全てを揺らめかせ、そっと存在を組み替えていく。

「っ⁉」

その燐光がスッとクォードに集まる。カレンが驚いて手を退けた瞬間、アクアマリンの燐光はクォードの体を燃やし尽くすかのように強く光を放った。歌に合わせてクォードの姿が揺らめき、波に洗われるかのように姿を変えていく。その表面に一瞬浮かんだ理論式がパッと散ってアクアマリンの燐光に呑まれていった。

──────！　まさか、今のが……‼

カレンは光の中に躍った理論式をもう一度見つけ出そうと目を凝らす。だが消えてしまった術式を見つけ出すことはもうできなかった。

アクアマリンの燐光はやがて光を弱め、歌が終わると同時にスッと天に昇るように消えていく。後には血の気を取り戻したクォードと、ドレスから血のシミが抜けたカレンだけが残された。

──今の、……魔法円でも、呪歌でも、理論式でもなかった。

血の臭いさえ消えてしまった自分の両手を見つめて、カレンはセダが歌った歌を思う。

きた歌を。

言葉として認識できなかったにもかかわらず、意識の深い所で『魔力が動いた』と認識で

——もしかして、これが……

「ちょ……ちょっと、どういうことっ⁉」

物思いにふけっていたカレンは、唐突に響いた金切り声に顔を上げた。

今この場でこんな声を上げる人間など一人しかいない。

「な、何でパスが認識できないのっ⁉　何で……何の流れも感じないわ……何でっ、何でアタシの理論式が……っ‼」

いつの間にか立ち上がっていたジョナが片手で顔を覆いながら喚いていた。焦点が結ばれていない瞳は必死に目に見えない何かを捜し出そうとしているかのようにも見える。

「アタシの書いた理論式は完璧よっ⁉　破られるはずなんか」

一瞬、カレンの聴覚から音が消えた。

「つべこべつべこべ、るっせー……ん、だよ……っ‼」

それがすぐ近くで爆ぜた火薬の爆音のせいだと知ったのは、かすれた悪態が聞こえてきた時だった。

「ぎっ……ギャァアアアアァッ‼」

「俺は、……重度の怪我人、なんだぞ……っ！　ちったぁ、静かにしやがれ……っ！」

ジョナの片手からナイフが吹き飛ばされ、緋色の線が舞う。だがカレンの鼻を突いたのはすぐ傍から立ち上った硝煙の臭いだった。

「……クォード」

「……ったく、こちとら頭がガンガンしてるっつーのに、汚ねぇ声で喚いてんじゃねぇよ」

いつの間に意識を取り戻していたのか、クォードが体を横たえたまま魔銃を握りしめていた。

魔弾が装塡されたリボルバー。傷は回復したとはいえ、重傷状態から意識が回復したばかりであることに変わりはない。そんなコンディションの中でクォードは、不安定な体勢からたった一発でジョナの手の中のナイフを弾いてみせた。

「最っ悪のモーニングコールだぜ」

そんな言葉を吐きながら、物騒で有能な執事はノソリと立ち上がった。次いで己の手に視線を落とし、スッと瞳をすがめる。

「……解式できたんだな、あの術式」

「あれこれ仕掛けられてた術式を解除して、傷も癒やしました。ついでに衣服も時間流を巻き戻して綺麗にしておきましたけど、一度失った血の気は元に戻しても意識が状態についていけなくて不調が残りやすいんです」

その独白にセダが答える。『歌』を紡ぎ終わったのにルーシェを懐に抱き込んだままでいるセダは満足そうに瞳を細めていた。

「ルーシェに感謝してくださいね。僕、本気で貴方を消そうと思ってましたから」

「そして感謝の表現と失態への補填は、今この場で即刻してもらおうか」

セダに好きなようにさせているルーシェは、傲慢に笑っていた。それがクォードをいびり倒して遊んでいる時の顔であるとカレンは知っている。

そんなルーシェが、不意にカレンにも視線を流した。

「カレン、クォード、あれを生きたまま捕縛せよ」

その言葉にカレンは返事ができないままパチパチと目を瞬かせた。対するクォードは気だるげに溜め息をついている。

「……あんたが本気になりゃ、一発なんじゃねぇの？」

──それ、私も思った。

カレンは同意の視線を込めてルーシェを見上げる。だがルーシェの傲慢な笑みは崩れなかった。それどころかルーシェは笑みの中にさらに甘さを滴らせてみせる。

「生憎と、妾の力は強大すぎての。この場で振るえば離宮ごと全てを混沌の海に還しかねん」

さらに『そもそも今の妾はセダをなだめるのに忙しくてのぉ』と続けたルーシェは、己の肩に顎を置いたセダへこれみよがしに片腕を伸ばした。ルーシェの手へ顔を寄せたセダはゴロゴロと喉を鳴らす猫のように満足そうな顔をしている。傍目から見れば空気を読まずにイチャついているようにも見えるが、セダの執着の片鱗を見せつけられた今は、まさしくこれが世界平和のための行動であると分かってしまうからこそ厄介だ。

「ここまで事件が大事になったのは、お前達二人がキッチリ事件を解決できていなかったせいじゃろうて」

さらにルーシェはそんな暴君理論まで振りかざしてきた。セダをじゃらしつつクォードと問答をしていたルーシェの視線がチラリとカレンに流される。

「従者の不始末は主の不始末。クォードが裏切るような隙を見せた、カレン、お前の責任もあるのだえ？」

──それは暴論が過ぎるのでは？

「お前達という一対の真価を示してみせよ」

クッションが手元になく、口を開く気力もないカレンは反論を口にできない。それをいいことに、ルーシェは絶対女皇の笑みとともにさらなる暴君理論を振りかざした。

「さぁ、妾を楽しませておくれ？」

一瞬、カレンは何と答えたらいいのか分からず沈黙した。クォードもクォードでツッコミが追い付いていないのか、反論を口にする気配はない。

ただ、座り込んだままのカレンに対し、クォードは行動を起こした。深く溜め息をつきながらも手にしていたリボルバーの弾倉をスイングアウトさせたクォードは、一発一発弾丸を詰めながらルーシェに対して口を開く。

「この特別任務に、手当はきちんと出るのでしょうね？」

そんなクォードの口から飛び出てきたのは、実にクォードらしい言葉だった。『さすがにこの場でその発言はないんじゃない？』と視線に非難を込めるカレンに対し、ルーシェはどこか面白そうに瞳を細める。

「『感謝の表現と失態への補填』と言うておるのに、業突く張りじゃな」

「魔術師というものは、生憎と基本が業突く張りなのですよ」

弾倉を銃身に叩き込んだクォードは、肩のホルスターからもう一丁のリボルバーを抜いた。一度ジョナに据えられた視線は、もうブレない。

その様子を見つめていたルーシェが、ニコリと笑みを深めた。

「良かろう。月給二百四十ヶ月分で手を打たぬか？」

月給二百四十ヶ月。それはクォードに負わされた労働対価の金額と同じ。

つまりは。

──生きたままジョナを捕縛できたら、恩赦。

その意味が分からないクォードではない。

「はっ！　随分と豪儀なことで！」

「『カルセドアの至宝』に本気を出してもらうためならば致し方ない」

凶暴な笑みを浮かべるクォードにルーシェはしれっと言い放つ。そんなルーシェにクォードは凶暴な笑みで応えた。

そしてカレンに視線を落とすと、優雅に片手を差し伸べる。

「お手をどうぞ、お嬢様」

今まさしく自力で立ち上がろうとしていたカレンは、思わずその手を見つめ返した。

そんなカレンに対して、クォードは一度凶暴な笑みを引っ込めると実に執事らしい真っ白な微笑みを浮かべ直す。だがどれだけ取り繕ってみせたところで、差し伸べられた手にはリボルバーが握られたままなのだから、その凶暴性は隠しきれていない。そもそも、人差し指と親指だけが開かれた、大半を魔銃で占められた手を差し伸べられたところで、世のご令嬢方はその手が『お嬢様の手を取るために差し伸べられた執事の手』と理解できないのではないだろうか。

「淑女たる者、いついかなる時でも、床に直接座り込むなどという無作法は取らないものでございます」

だが生憎、カレンは『普通のご令嬢』ではない。それを承知している物騒な執事は、実に自分達らしくカレンを幕引きの舞台の上へと誘う。

「最後の仕上げと参りましょう」

表面上は、あくまで礼儀正しく、主に仕える者として優雅に、穏和に。

だが本心では獰猛に、慇懃無礼に。

押しかけ執事、クォード・ザラステアは、仮初の主へ『立て』と命じる。

――あぁ、ほんっとにクォードって、
その手を見つめて、カレンは心の中だけで呟いた。

――有能な執事サマでいらっしゃいますこと。

カレンはいつだって、自力で立とうと思えば自力で膝を上げられるお嬢様だ。今までずっとそうしてきたし、武力的にも魔力的にも強者である自分に手を差し伸べられる人間がいるなんて思ってもいなかった。仮にいたとしても、その相手が自分に手を差し伸べてくれることもなければ、差し伸べられることを自分の矜持が許すとも思っていなかった。

でも今、こうして実際に手を差し伸べられたら。

――自力で膝を上げられたとしても、この手は取ってみたいと思えてしまう。

白手袋に包まれた手に己の手を預け、ともにリボルバーを握る形でカレンは膝を上げた。

カレンが立ち上がると繋いだ手はさっさと解かれる。そのことにカレンは文句を言わないし、クォードもそれで当然とばかりに意識をジョナに向けていた。ランスを召喚したカレンも意識を真っ直ぐにジョナに据える。

作戦会議などしない。どちらかが相手を庇う位置に立つわけでもない。

だって自分達は、そんな間柄ではないのだから。

「……何よ、何よクァント……!!　アンタ結局そっちにつくわけっ⁉」

そんなカレン達を見たジョナが絶叫した。ヒステリーを起こしたかのように感情も露わに叫ぶジョナの周囲を荒れくるう魔力が躍る。

「アンタは魔術師でしょっ⁉　誇り高き『混沌の仲介人』の幹部でしょっ⁉　それなのに……っ!!」

「お言葉を返すようですが、今のわたくしはお嬢様の一介の執事でございます」

クォードは見惚れるほど優雅にジョナに一礼した。

「執事は主の補佐をすることが役目であって、障害になることが役目ではないのです。貴方様の軽い頭でも理解できるように言い直すならば」

両の手にリボルバーを持ち、腰の後ろにはさらにオートマチックを二丁も隠し持つ物騒な執事は、凶暴な笑みとともに顔を上げる。

「テメェは俺の特別報酬のためにとっとと捕まりやがれ、でございます」

「っ……ふざけるなっ!!」

怒号とともにジョナの指が宙を滑った。桃色の燐光が指の軌跡に舞い、理論式が描き出される。

それを見たカレンは床を蹴って前へ飛び出していた。

「『共鳴せよ　我は汝に多重の解を望む』っ!!」

ジョナの口からクォードが魔術を起動させる時に使う言葉と同じ合図が放たれ、紫電を散らしながら突進するカレンに炎撃が降り注ぐ。だがカレンはそれを身体強化した足のステップだけでかわした。一気に間合いがつまり、カレンのランスがジョナの眼前に迫る。

そんなカレンの後ろから、魔銃の発砲音とともに要素規定の理論式を定義するクォードの声が響いた。

「『気圧』『水気』『雷』っ!!」

カレンのランスを、ジョナは体の前に展開した『反射』の理論式を盾のように使って受け流す。一撃ずつが大技で大振りなカレンは勢いを殺すことができず、流されるがままジョナの傍らを通過した。

だが、それでいい。カレンの初撃はあくまで陽動。

本命はカレンの傍らをすり抜けるようにしてジョナの足元に着弾した魔弾。

「『抑制』『抑制』『強化』っ!!」

威力増減を規定する言葉は、要素規定で挙げられた順番に呼応する。

クォードの正確無比な射撃によって撃ち出された魔弾達は、ジョナを中心とした三角形を描き出した。

「『共鳴せよ　我は汝に多重の解を望む』っ!!」

その意味に気付いたジョナが撃ち込まれた理論式を壊そうと指を滑らせる。その動きに気付いたカレンはとっさに魔力を帯びていないランスをジョナに向かって投擲した。ランスはあっけなくジョナに避けられたが、ジョナの指が止まったことで作成途中だった理論式は光の粒に還っていく。

その瞬間、クォードが撃ち込んだ理論式が有効範囲を示す光の結界を作り上げた。

「やれ！　カレンっ!!」

カレンは躊躇うことなく結界の中に飛び込む。目の前のジョナが目を見開き理論式を紡ごうと唇を動かすが、魔法使いが魔術師に起動速度で負けるはずがない。

「『雷帝』」

天にかざした指先に集中させた魔力がパシッと弾ける。

カレンの魔力が最大効力を発揮できるように調整された空間が、カレンの呼び声に応えた。

「『招来』っ!!」

振り下ろされる腕の軌跡に従い、天の剣が撃ち落とされる。

離宮の屋根を突き破って叩き付けられた雷は、ジョナのみならず周囲を巻き込んで炸裂した。音さえ消し飛ばす衝撃と過剰なエネルギーにカレンの世界は白く染まる。全てを叩き潰さんという勢いで突き抜けた衝撃は心地よささえあった。五感が粉々に砕けて、また再構築されていくのが分かる。

——って！　こんな勢いで『雷帝招来』なんて使ったら相手死んじゃうじゃん!!

……などと今更思ってももう遅い。雷が駆け抜ける速さは、人間が知覚できる以上に速いのだから。

「ご安心ください。殺さないように仕込みをしておきました」

思わずカレンはプルリと体を震わせる。

その瞬間、そんなカレンの内心を見透かしたかのように言葉が投げかけられた。

「どうせまたお嬢様は考えなしに雷を落とすだろうと予想できておりましたので。ダメージはしっかり与えつつ、ある程度電流は抜けるように、きちんと理論式は組んでおきました」

後ろを振り返ると、肩のホルスターにリボルバーを納めながらクォードが歩み寄ってくる所だった。顎をしゃくってカレンの足元を示すクォードに勇気づけられて視線を落とせば、確かにそこにジョナが転がっている。意識はないようだが、呼吸はしっかりしているし、命に関わる怪我を負っているようにも見えない。

【よくあの一瞬でそこまで調整できたね？】

「当然です。わたくしは『カルセドアの至宝』と呼ばれた魔術師なのですよ？　それに」

ランスから戻ったクッションに流れる文字を見やったクォードは背後に視線を飛ばした。

そこにはルーシェと、相変わらずルーシェを懐に抱き込んだセダが立っている。

「『生きたまま捕縛せよ』、でしたからね。提示条件は」

「珍しく知恵が回ったようじゃの」

ルーシェは満足そうに微笑むと軽く片手を振った。それだけの動作でジョナの周囲の床が黒いモヤに変じ、ズブズブとジョナの体は沈んでいく。転送魔法で手っ取り早くジョナを拘束したのだろう。せっかく捕まえた『ルーツ』上級幹部をそう易々と取り逃がすような真似をルーシェがするはずがない。恐らくこれからジョナは、クォードに科された以上に苛烈な拷問にかけられるはずだ。

「……なぁ」

その光景をカレンと同じように見つめていたクォードが、改まった表情でルーシェを見やった。いや、正確に言えば、見つめる先にいるのは相変わらずルーシェを懐に抱き込んだセダの方だろう。

「『東の賢者』とも呼ばれたあんたならば、……死した人を蘇らせることも、できるのか？」

現に素の口調のまま飛び出した質問は、ルーシェではなくセダに矛先が向いていた。その問いがクォードにとって人生をかけた質問であることが分かっているカレンは、思わず息を詰めてセダを見上げる。

「できますが、それが何か？」

対して答えるセダの口調は実に軽やかだった。まるで料理人が『あなたは卵焼きを作ることができますか？』と問われたかのような、できて当たり前とされていることを改めて問われたかのような雰囲気でセダはシパシパと目を瞬かせる。

「歴史を巻き戻して書き直すことも、亡国を今の時間軸に復活させることも、ルーシェが望むならやりますが」

実にあっけらかんと紡がれた言葉にクォードが息を呑んだのが分かった。むしろその程度の反応で済んだことの方がカレンには驚きだった。クォードが望む全てを、セダは簡単にやってのけられると言ったようなものなのだから。

クォードが何を望んでいるのか、ルーシェにはうっすらと予測がついているのだろう。強大な力を持つ魔法使いであり、一国を預かる立場にいるルーシェは、真っ先にクォードの望みを止めるべきであるのに、ルーシェはクォードに視線を置いたまま口を閉ざして成り行きを静観している。一方カレンも、クォードの望みの重さとそこにかけてきたものを知っているせいで口を開くことができずにいた。

──たとえ伯母様からの許可が出たとしても、クォードの魔力総量じゃ対価が払えない。無理に決行すれば、クォードの存在そのものが時間流にねじ切られて消滅してしまう。

魔法も魔術も、決して万能ではない。己が持つ力と命で贖える以上の奇跡を望むことは、決して許されることではない。

存在が強大すぎるがゆえにこの場でその真理を唯一理解できていないであろう賢者は、それを理解していながらも奇跡を追い求めた魔術師に問いかけた。

「戦功に対して、釈放よりも、その奇跡を貴方は望むのですか？」

カレンは息を詰めたままクォードを見つめる。そんなカレンの視線の先で、クォードは無言でセダを見つめていた。

その力強い視線が、そっと伏せられる。さらに瞼で漆黒の瞳を覆い隠したクォードは、瞼の裏にここではない景色を見ているかのように淡く笑みを広げた。

「……『無言姫』なんて呼ばれてるくせによ、何だかものすごく必死に名前を呼んでもらえたからさ」

まるで子守唄を語って聞かせるかのような、優しい響きを纏った言葉だった。

「俺の名前はもう、これしかねぇなって。そう思えちまったんだから、ざまぁねぇよな」

淡い笑みを残したまま瞼を押し上げたクォードは、傍らに立ったカレンに視線を落とした。カレンが余程間抜けな顔をしていたのか、クォードは片手を上げるとカレンの頭をわしわしと撫で回す。

「だからわたくしは、未来を選びます」

クォードが何を思ってそう言っているのか半分も理解できていないはずなのに、なぜかその言葉と熱に鼻の奥がツンと痛んだような気がした。そんな変化さえもが分かるのか、クォードは呆れたように顔に浮かべていた笑みを深めた。

「ただわたくしは、一魔術師として、長年追い求めてきた命題に答えが欲しかっただけです。そういうことにしておいてください」

【カッコづけ】

「るっせ！　俺はカッコつけなくても十分カッコいいんだよ！」

クォードがカレンの頭の上に載せていた手を拳の形に固める。それをいち早く察知したカレンはクォードが拳を打ち下ろすよりも早くサッと身をかわした。

それが面白くなかったのか、クォードはカレンとの距離を詰めようと足を踏み出す。それに対してカレンが逃げを打ち、いつの間にか二人はじゃれ合うように追いかけっこを始めていた。そんな自分達に満足そうにルーシェが微笑み、さらにそんなルーシェの姿に嬉しそうにセダが笑みを深める。

そんな形で、一連の事件は幕を下ろした。

Conclusion ××しやがれでございます、お嬢様

ガラガラと馬車の車輪が景気よく回る。しかし座席まで伝わってくる振動はわずかだ。その辺りはさすが公爵家令嬢が乗る馬車といったところか。

――まぁ、その馬車に公爵家令嬢が乗っていること自体は稀なんだけども。

皇宮から離宮へ向かう馬車に揺られながら、カレンは一人、そんなことを思っていた。

馬車の中にいるのはカレン一人だけだった。ついひと月ほど前までカレンの外出先に随伴していた押しかけ執事の姿はない。馬車の中にないどころか、今頃はアルマリエ領内にもないことだろう。

――クォード、今頃どこにいるのかな……。一度カルセドア王城の跡地を見て気持ちにケリをつけたいって言ってたから、アルマリエから東に抜けて……今頃はレンフィールドか、うまく行けばジャイナ辺りまで抜けられたかも……

馬車の小窓から流れ行く外の景色を見つめ、カレンは一人ぼんやりと考えにふける。

そんなカレンの脳裏に浮かんでいたのは、クォードの出立を見送ったひと月前の光景だった。

『世話んなったな、引きこもり娘』

クォードへの恩赦は『「ルーツ」上級幹部の捕縛及び組織内機密情報の提供への功績』という名目で出されたそうだ。

一連の事件が片付いた後、クォードは改めて『ルーツ』に関して自分が知っていることを洗いざらい話したそうで、その情報を元に『ルーツ』関係者の捕縛は粛々と進んでいるらしい。今回の一件も含めて『ルーツ』へ与えた打撃は相当大きかったらしく、クォードへの恩赦は妥当なものとして処理されたそうだ。

『ま、これでお互い清々するって感じじゃねぇの？　でもま、お前はちったぁ健康に気ぃ遣った生活した方がいいと思うぜ』

燕尾服を脱ぎ、旅装に姿を改めたクォードの姿は、酷く見慣れないものだった。思えばカレンはクォードの燕尾服姿しか見たことがなかったのだから、当然と言えば当然だろう。

そんな気の抜けた感想を抱いていたのが、カレンの顔に出ていたのかもしれない。

『立派なクソ女皇になりやがりくださいませ、お嬢様』

最後にクォードは手袋をしていない手でポンポンとカレンの頭を撫でていった。直接触れた手はやっぱり硬くて、大きくて、温かかった。

――あれがもう、ひと月も前の話なんだ……

あの日から今日までのひと月を、カレンは皇宮で過ごしていた。

理由は単純で、離宮に住めなくなっていたからである。

——むしろひと月で終わって良かった！　最悪の場合はまるっと建て替えになるって聞いてたから……!!

クォードがアルマリエを発った日は、カレンが皇宮へ緊急転居をした日でもあった。だから余計にカレンはその時のことを鮮明に覚えている。

——クォードには最後の最後まで執事の仕事をさせちゃったな。自分の旅支度をしながらジョナの一件の残務処理もして、さらに私の引っ越しの手配までするって、どう考えても大変だったと思うんだよね。

カレンの本気とセダの半分くらい本気の魔力がぶつかり、ジョナが暴れクォードが魔銃をぶっ放し、さらにカレンとクォードが合わせ技を振るったダンスホールはもはや壊滅状態だった。あの部屋だけではなく、戦った諸々の余波で離宮の建物全体に被害が及んでいたらしい。強大な魔力がぶつかりあったせいで魔力の力場も相当歪んでしまっていたそうで、抜本的な大規模修理のためにカレン達離宮の住人には一時的な緊急転居命令が出された。力場が歪んだ状態は大変危険なものであるし、そうでなくても離宮は一部が倒壊寸前だったそうで、事件が終局を迎えた数日後、バタバタした状態が落ち着くよりも早くカレンは皇宮に転がり込むことになった。

——まぁ、クォードは表向きには死刑が執行されてた人間であるわけだし、あの混乱に乗じて姿を消した方が、色々都合が良かったのかもしれないけれど。

それにしても、今回の離宮の改修費は一体誰の負担となるのだろう。大部分を破壊したのはセダであるわけだが、根本的な原因は『ルーツ』にあるし、離宮の今の所有者はカレンである。離宮の改修が必要になったのはセダが暴れたせいだと判断されればセダの私財、『ルーツ』のせいだとされれば公費、維持必要経費と判断されればカレンの負担と判定されそうな気がする。

――あのダンスホール、国宝みたいな扱いされてたような気がするんだよなぁ……

ルーシェ自身が以前カレンを皇宮に呼び出すために離宮の一部を爆破したことがあるから、破壊したこと自体に関してのお咎めはないはずだ。ただ改修に掛かったであろう費用のことを思うと、カレンの瞳ははるか遠くを見つめてしまう。

――どうか、私の負担になりませんように。

そのことを、カレンは切実に願う。

あの煌びやかな空間を取り戻すには、相応の費用がかかると思うので。

そんなこんなを思うと同時に、カレンは皇宮に滞在している間にルーシェと交わした言葉を思い出していた。

『妾がお前から次期国主候補の肩書きを外さぬのは、ある意味でそれがお前を守る盾になると思うておるからじゃ』

長年の疑問を思い切ってルーシェにぶつけてみたところ、返ってきたのはそんな言葉だった。

『強大な力も、それが国を守るためにあると周囲に信じ込ませられれば、不要な弾圧は受けぬ。力なき者達は、何の縛りも受けぬ強い力を恐れ、自分達の平穏な日々を守るために排除しようと動くゆえに』

ルーシェが執拗にカレンに『次期国主候補』としての振る舞いを押し付けようとしていたのは、カレンは決してアルマリエという国にとって不穏な存在ではないのだということを周囲に印象付けたかったからなのだろう。そんな国の重要案件を完全に私的な思惑に利用していいのかとルーシェに訊ねたところ、ルーシェは例の『絶対女皇』な笑みとともにこう宣った。

『そうやって押し付けている間に、お前がその気になってくれれば儲けもの、じゃろ?』

――まったく……。伯母様も一体何が本心なのやら。

相変わらず、カレンの内心は『次期国主候補』という肩書きには前向きになれない。

だが今回の件を通して思うことがなかったと言えば嘘になる。

――魔法とか魔術とか関係なく、その道に関わる人々の生活が安寧であればいい。

例えば、魔力暴走事故を少しでも減らせるようにしたいとか。そのことで人生を歪められてしまった人々に寄り添いたいとか。魔法や魔術が悪用されることがない生活を守りたいとか。

次期国主候補や公爵令嬢としてではなく、ただの『カレン』という一魔法使いとして。

自分が魔力暴走事故を引き起こしたことがある人間だからこそ。また、クォードという、魔力暴走事故を機に人生を曲げられてしまった人の存在を知ったからこそ。

そんな願いを叶えるためにはどうしていったらいいのだろうと、少し考えた。

――まぁ、力と地位はあってもただの引きこもりな私に、何ができるかとか分からないんだけどね。

結論が出ないフワフワした考えを持て余しながら、カレンはバフッと背もたれに身を投げ出す。

そんなことをしているうちに、カレンが乗る馬車は離宮にたどり着き、玄関前で止まっていた。御者が開けてくれたドアをくぐって馬車を降り、カレンは改修された離宮を感慨深く見上げる。

――特に変わったって感じはしないな。

建て替えではなく必要部分の改修工事だけで済んだのだから、それもある意味当然なのだろう。点検のついでに掃除もしたのか記憶にあるより若干綺麗にはなっているが、パッと見ただけでは特に何も変わっていないように思える。

御者は馬車を片付けるために行ってしまった。従者を持たないカレンは自力で玄関ドアを開かなければならない。そのことに今までカレンは不便を感じなかったし、ドアを開けてもらえないことに特に不満も感じていなかった。

でも、今は。

——このドアを開けても、クォードはいないんだよね……

離宮の使用人達はセダが暴れ始める前にルーシェが避難させてくれていた。そのおかげで一連の事件で離宮の使用人に怪我人は出なかったし、みんなこんな主に愛想を尽かすことなくひと月の休暇から帰ってきてくれたらしい。

だから扉を開けばその先には、クォードがやってくる以前の『日常』がカレンを待っているはずだ。カレンが望んでいた日常……カレンに淑女の心得を押し付ける厄介な執事なんていない、平穏と静寂に満たされた、充実した引きこもりの日々が。

——だから、こんなモヤモヤ吹っ切って、早く日常に戻らなきゃ。

カレンはプルプルと頭を振ると、チラチラと脳裏をよぎるクォードの姿を無理やり追い出した。触れることをためらって中途半端な位置で止めていた手を伸ばし、己の力でドアを開く。

使用人はみんな先に離宮に入ったという話だったが、いつものごとく出迎えはなかった。カレンの記憶にある通り、ガランとした玄関ホールにカレンは足を踏み入れる。

玄関ホールにも改修の手は入らなかったのか、玄関ホールはカレンの記憶にあるまだった。飾られた絵画も、置かれた調度品も、控えた執事の礼の角度までカレンの記憶にあるままである。

――って、うん？　執事？

サラリと一回流したカレンは、思わずそのまま硬直した。

今、自分は何と言ったか。執事なんてものはこの離宮にいないはずだ。ひと月前までここにいた押しかけ執事は、今は執事という任を解かれて異国の空の下にいるはず……

「お帰りなさいませ、お嬢様」

硬直したカレンの背後でようやくパタリと玄関ドアが閉まった。その音を合図にしたかのように、礼を取っていた執事が優雅な挙措で頭を上げる。

漆黒の髪と同じ色の瞳。整った顔には銀縁メガネ。ヒラリと尻尾が揺れる燕尾服は間違いなく執事のお仕着せのそれ。

「わたくし、クォード・ザラステアと申します。本日付で再びお嬢様の執事となりました」

まさに『執事』を絵に描いたかのような青年は、冥府の魔王さえ裸足で逃げ出しそうなドスの利いた笑みを浮かべていた。

【クォード!?】

その真っ黒な笑みをカレンが見間違えるはずがない。

クォード・ザラステア。

元秘密結社幹部にして元カレンの執事である青年が、まるで何事もなかったかのようにしれっと離宮の執事としてそこに立っていた。

【何でっ⁉】

「相変わらず、文字と顔面が驚くほど一致しませんね。もっと自前の顔でも驚いた方がよろしいのでは？」

クォードは呆れたように答えるとカレンに向かって歩を進めてきた。予想外のことに思考回路がショートしたカレンは呆然とそんなクォードを見上げることしかできない。

「実はですね、アルマリエを発った後、女皇陛下からこんな文書を送り付けられました」

クォードは押しかけてきたあの日のように懐から書面を引っ張り出す。ひとまず諸々の感情を押し込めて目をすがめて書面を見つめれば、確かにそこには見慣れた伯母の筆跡が躍っていた。

が。

【借用書ぉっ⁉】

その躍る文字の意味を理解した瞬間、カレンは思わず素っ頓狂な文字を上げた。

——え？　どういうこと？　借用書ってことはつまり、クォードが伯母様から借金してるってこと？

カレンは思わず文章を読み飛ばし、書面のちょうど中央辺りに記載された金額に目を向けた。ひい、ふう、みい、と一桁ずつゼロの数を数えてみるが、何回数えても途中から数えられなくなって最初に逆戻りしてしまう。借用者をクォード・ザラステアとして発行された『借用書』には、それくらい……公爵家令嬢として育ったカレンでさえ目が飛び出そうな金額が堂々と記載されていた。

「『離宮が破壊された一連の件の根本を正せば、その原因はお前にある。よって離宮の改修費と賠償金支払いを命ずる』……とのことだそうで」

ドスの利いた声で読み上げ、ニコリと笑ってみせたクォードは、次の瞬間憤怒の表情とともに借用書をクシャクシャに丸めて足元に叩き付けた。だが今回の借用書には絶対に破損できない呪いでもかけられているのか、借用書はまたたく間にピンと元に戻り、まるで生きているかのようにクォードの足をよじ登って勝手にクォードの懐に戻ろうとする。

「なんってそうなるんだよっ!?　原因を作ったのはジョナであって俺じゃねぇし、改修部分の大半は『東の賢者』が暴れたせいじゃねぇかっ!!　なんっっってそれを俺が一人で責任取らなきゃなんねぇんだよっ!!」

クォードは書類がよじ登ってくる足をダンダンダンッと玄関ホールに叩きつけながら頭を掻きむしって絶叫する。その様は下手なホラー小説よりもよっぽどホラーだ。

——伯母様……

図らずも馬車の中で考えていた疑問の答えを得たカレンは、心の中でそっとクォードに向かって手を合わせた。

この借用書がカレンに送り付けられてこなくて心底良かった。こんな金額、カレンでも返せる自信がない。……庶民で前科二犯、現在職ナシ、職務経歴書欄には『秘密結社幹部』としか書くことがないクォードは、さらに返せるアテはないと思うのだが。

【そんなことを言うなら、何で大人しくここに来たわけ？】

なおも罵詈雑言を叫び続けるクォードに向かってカレンはソロリとクッションを差し出した。そんなカレンに気付いたクォードがさらに眉を跳ね上げる。

「受け取って即刻『こんな理不尽黙ってられるかっ‼』って女皇に直訴しにわざわざ帰ってきたんだよっ‼　ジャイナから転送魔法円と転送陣を乗り継ぎして帰ってきたから費用だってバカになんなかったんだぞっ⁉　だっつーのに……っ、だっつーのに……っ‼」

『改修費と賠償金という名目が嫌ならば、治療費という名目に変えてやろう。お前の命を救い、「ルーツ」の軛から解き放ったのは、間違いなくセダであるからのぉ』

直訴に訪れたクォードは、あっさりルーシェとの謁見が叶ったらしい。

そんなルーシェがいつものごとく、爽やかに笑って傲然と語った言葉に曰く。

『そしてセダは妾の夫。……こんな言い方を本当はしたくないのじゃが、妾が所有する魔法具、でもある。つまりお前は妾に対して多大な恩があるというわけじゃ』

お前はその恩を忘れるような不届き者なのかえ？　何？　そんなことはない？　ならば

ぼ手持ちが尽きた？　ならば妾が稼げる良い職を斡旋してやろう。まずはそこに用意した服に着替えるが良い。……あぁ、安心おし。着替えている間は視線を逸らしておいてやるから。何？　そんな問題ではない？　では何が問題なのか、イチからキッチリ説明しておくれ？

「で！　いつの間にか丸め込まれた上にこの姿でここに放り込まれてたんだよっ!!」

嫌な予感がしたカレンはとりあえず逃げようと身を翻す。だが完全に体を反転させるよりも物騒な執事が魔銃を抜く方が早い。しかもその魔銃はリボルバー……対魔法使い用の武装魔銃だ。

──ちょっと待ってっ!?　今回は魔銃没収されてないのっ!?

「生憎と、今回は罪人ではございませんので」

クォード・押しかけ借金執事・ザラステアはカレンの無表情から正確に内心を読み取ると、カレンの眉間に銃口を突き付けたままニッコリと優雅に微笑んだ。

優雅なのに真っ黒な、寒気を感じさせるあの顔で。

「というわけで、これからもよろしくしやがれでございます。お嬢様」

有無を言わせないお言葉に、カレンはフルフルと体を震わせた。その震えが恐怖からくるものなのか、再びクォードと会えた喜びからくるものなのか、カレンには判断することができない。

ただ分かるのは、自分はこの執事から逃げることはできないし、その実自分に逃げる意思などもうないということだけ。

【今度こそ】

カレンは己からクォードに向かって歩を進めながら、クッションに文字を流した。

【今度こそあんたを骨の髄まで利用しつくしてやるんだから、覚悟しなさいよね】

その言葉にクォードは目を瞬かせると、うっかり見惚れてしまいそうなほど麗しい笑みを浮かべてみせた。腹黒さを隠さないままカレンに笑みかけた物騒な執事は、あの日のように魔銃を握りしめたまま、親指と小指だけを広げて手を差し伸べる。

「やれるもんならやってみやがれ、でございます」

【その言葉、絶対に後悔させてやるんだから】

「しませんよ」

ペチンッと勢いよく載せられたカレンの手を、クォードは恭しく包みこんで捧げ持つ。

このひと月、記憶の中でなぞり続けた熱は、カレンの記憶にあるよりもずっと高くて。

「貴女様が思っている以上に、わたくしは優秀な執事でございますからね」

その熱さを確かめられたことに、動かないはずである自分の顔が笑みを浮かべたことを、カレンは仕方がないから認めてやることにした。

『無言姫（ひめ）』カレン・クリミナ・イエード・ミッドシェルジェと『押しかけ執事』クォード・ザラステアの奇妙（きみょう）な主従関係は、どうやらこれからも末永く続いていくらしい。

あとがき

角川ビーンズ文庫様では初めまして、になります。安崎依代と申します。この度は『押しかけ執事と無言姫　忠誠の始まりは裏切りから』をお手に取っていただき、ありがとうございます。「お久しぶりです」「日頃お世話になっております」というご挨拶をさせていただける読者の皆様方、再びあとがきでご挨拶できることを大変嬉しく思います。どうぞこちらでもよろしくお願いいたします。

さて。本作は第二十一回角川ビーンズ小説大賞優秀賞・〈一般部門〉審査員特別賞（三川みり先生選）をW受賞させていただいた応募作を大幅に改稿の上、上梓させていただいた作品です。物騒な押しかけ執事（イケメン）と強制的に主従関係に持ち込まれてしまった無口無表情のお嬢様（引きこもり）が喧嘩しつつ、事件を解決しつつ、親交を深めるかもしれないお話です。

実は安崎、中学生時代に初めて手に取ったライトノベル作品が角川ビーンズ文庫の作品でした。以降ライトノベル沼にどはまりし、学生時代はお小遣いとバイト代をほぼ全額本代に溶かし、社会人になった今も部屋の床が積み上がった書籍の重みで抜けるのではないかとハラハラしながら生活しております。

　思えば私が小説を書き始めたのも、角川ビーンズ文庫との出会いがあったからこそだと思います。学校の授業中にこっそりノートに隠して原稿用紙を広げ、手書きで書きなぐった原稿を初めて応募した先も角川ビーンズ小説大賞でした。それからかれこれ云十年、当時と同じペンネームで、自分が小説家を志すことになった憧れのレーベル様からこうして書籍が出る、という夢のような出来事に、本当に胸がいっぱいです。

　それでは最後になりましたが謝辞を。

　素敵な二人を描いてくださったみなみＲｕｔ様。応募作よりも二人が格段にカッコ可愛くなったのはみなみＲｕｔ様のイラストがあったからです。ご指導ご鞭撻いただいた担当様。本作がここまで美味しくなったのは偏に担当様のお陰です。本作の選考に携わってくださった伊藤たつき先生、推薦コメントを寄せてくださった三川みり先生。過分なお言葉をありがとうございます。いただいたコメント、何度も読み返しております。盟友コウハとコウハの妹君。コウハと縁深い本作を上梓できたこと、本当に感慨深いです。相変わらず趣味に走りたい放題な嫁を自由に放牧してくれている旦那殿、日頃安崎・硯を応援してくださる読者の皆様、本作制作と販売に関わってくださった全ての皆様、本当にありがとうございます。

そして今、この本を手に取ってくださっているあなた様へ、深い感謝を。

それではまた、次の紙片でお会いできることを願って。ありがとうございました！

安崎依代

「押しかけ執事と無言姫 忠誠の始まりは裏切りから」の感想をお寄せください。
おたよりのあて先
〒102-8177 東京都千代田区富士見2-13-3
株式会社KADOKAWA 角川ビーンズ文庫編集部気付
「安崎依代」先生・「みなみＲｕｔ」先生
また、編集部へのご意見ご希望は、同じ住所で「ビーンズ文庫編集部」
までお寄せください。

押しかけ執事と無言姫
忠誠の始まりは裏切りから

安崎依代

角川ビーンズ文庫　23928

令和５年12月１日　初版発行

発行者———山下直久
発　行———株式会社KADOKAWA
〒102-8177 東京都千代田区富士見2-13-3
電話 0570-002-301（ナビダイヤル）
印刷所———株式会社暁印刷
製本所———本間製本株式会社
装幀者———micro fish

●お問い合わせ
https://www.kadokawa.co.jp/（「お問い合わせ」へお進みください）
※内容によっては、お答えできない場合があります。
※サポートは日本国内のみとさせていただきます。
※Japanese text only

ISBN978-4-04-114419-0C0193 定価はカバーに表示してあります。

#コンパス
ヒーロー観察記録
著／香坂茉里
イラスト／桐谷、たま、藤ちょこ
原案・監修／#コンパス戦闘摂理解析システム
ヒーローたちの素顔が今明かされる！
大人気ゲーム待望のノベライズ登場！
大人気ゲーム「#コンパス 戦闘摂理解析システム」より
3人のヒーローを描く珠玉の短編集が登場！
「case.1 マルコス '55」
──気づけばマルコス '55 は『魔法少女リリカルルカ』の存在しない世界に!?
「case.2 狐ヶ咲甘色」
──祭りで出会った不思議な少女・嘉月と捜し物をする甘色だが？
「case.3 青春アリス」
──隣の席の白秋君と距離が縮まらないアリスの恋心は……？
これは、いつかどこかでありえたかもしれない彼らの物語。
好評発売中！

●角川ビーンズ文庫●